MW00717373

IMMOBILE DANS LE COURANT DU FLEUVE

DU MÊME AUTEUR

LE SUD (prix Femina), Grasset et Livre de Poche (3187).

LE FOU D'AMÉRIQUE, Grasset et Livre de Poche (5107).

LES MATINS DU NOUVEAU MONDE, Grasset et Livre de Poche (6649).

LA PIERRE ET LE SAGUARO, Grasset et Livre de Poche (7382).

L'ATTRAPEUR D'OMBRES, Grasset et Livre de Poche (9777).

Essais

BORIS PASTERNAK, Seghers.

QUE PEUT LA LITTÉRATURE ?, ouvrage collectif, 10/18.

Albums

AMERICA, Éditions André Barret.

LES LUBERONS (photos de Martine Franck), Éditions du Chêne.

LES INDIENS DES PLAINES (coauteur Daniel Dubois), Dargaud.

LA NOUVELLE-ORLÉANS, Éditions du Pacifique.

LA GALERIE INDIENNE DU FOU D'AMÉRIQUE (lithographies originales de Pierre Cayol), Alain Barthélemy, Avignon.

LOUISIANE : ENTRE CIEL ET TERRE (photos de Marc Garanger), Kodak et Contre-Jour.

L'OUEST SAUVAGE (pour le texte littéraire), Denoël.

Réunis en un coffret

LE SUD, LE FOU D'AMÉRIQUE, LES MATINS DU NOUVEAU MONDE, LA PIERRE ET LE SAGUARO, Le Livre de Poche.

YVES BERGER

IMMOBILE DANS LE COURANT DU FLEUVE

roman

BERNARD GRASSET
PARIS

IL A ÉTÉ TIRÉ DE CET OUVRAGE
TRENTE-CINQ EXEMPLAIRES
SUR VÉLIN CHIFFON DE LANA
DONT VINGT-CINQ EXEMPLAIRES DE VENTE
NUMÉROTÉS DE 1 A 25
ET DIX HORS COMMERCE
NUMÉROTÉS H.C. I A H.C. X
CONSTITUANT L'ÉDITION ORIGINALE

Dans le souvenir de
Christian Berger
Pour Kinou,
et pour célébrer la géographie

« ... Comme si le langage nous venait d'un pays magique où la chose, la pensée, le mot ne fissent qu'un. »

JEAN PAULHAN,
Lettres à Ungaretti

« Il était un fils de roi qui avait beaucoup de livres... Il pouvait s'informer de tout peuple et de tout pays, mais où se trouvait le jardin du paradis, il n'y avait pas un mot là-dessus. »

ANDERSEN,
Contes merveilleux et fantastiques

L'homme qui, un matin, pénètre à cheval dans la partie du monde que gouverne le méridien de Smith and Son, dans l'hémisphère Nord, entre le cercle polaire arctique et le tropique du Cancer, par 408° 40' de latitude et 243° 60' de longitude, l'homme s'appelle Oregon. Le cheval — un appaloosa — Appaloosa. Trois jours et bientôt trois nuits plus tard, la monture va encore d'une même allure, l'un et l'autre gris d'une poussière épaisse, comme s'ils ne s'étaient jamais arrêtés, jamais rafraîchis, jamais secoués, le cavalier les yeux mi-clos sous un feutre incliné qui ne se relève même pas lorsqu'ils traversent, fantômes, les lieux-dits Lune Morte, Chaos, Cicatrice, Sans Epi, puis les hameaux, villages et bourgs de Tornade, Gué-aux-Bestiaux, Fondrière, Morne et Sporade. A l'indifférence d'Oregon, ils répondent par des fenêtres mortes, des seuils déserts, des chemins et des sentes vides, des chiens errants et des chats perdus, tandis que les rares écarts tentent d'égayer, d'une pierre terne et d'un bois écaillé, la désolation du paysage. Le même depuis trois jours, il semblait devoir prolonger sans fin ses arbres foudroyés, ses troncs roulés à flanc de pente, ses grumes de mauvaise qualité, le désordre de ses racines renversées dans les chablis et la succession de ses coupes claires qui ne le cédaient qu'à des plaques de battance, striées profond de ravines et de griffes d'érosion.

A la sortie de Sporade, Oregon se redressa, plongea la main dans les fontes, de l'une retira une carte, l'examina, regarda son doigt parcourir le long chemin depuis le point où la bétaillère les avait déposés, l'appaloosa et lui, trois jours et demi plus tôt. Gésir, désormais, n'était plus loin, quelque deux heures de trot. Gésir, la ville. La carte, au-delà, n'indiquait plus rien, comme s'il n'y avait plus rien. Il prit dans l'autre fonte l'autre carte et la trouva telle qu'il la connaissait, depuis des mois : fourmillant de noms, au nord de Gésir. C'est ce qui l'avait intrigué : cette contradiction, d'un document à l'autre. Il les avait comparés mille et mille fois. Une carte interrompait le monde et l'autre le continuait. Oregon avait décidé d'y aller voir.

Il s'attarda sur l'appaloosa, qui tentait de découvrir une herbe, et se résigna au remords. Il ne la ménageait pas, depuis le départ de la bétaillère. La décision prise d'acheter un cheval, Oregon avait hésité entre un palomino, un pinto et un appaloosa. La ferveur qu'il portait aux Nez-Percés le destinait à l'appaloosa. Seconde condition : une jument. Elle. Il ne la connaissait pas depuis trois semaines et l'aimait depuis mille ans. Fou de sa robe tourmentée de schabraque, marbrée, léopardée, tachetée, neigée.

Fou de ses yeux entourés de blanc, comme chez la femme. Il l'appela, à sa façon d'amoureux : après les deux premières syllabes, il gonflait les lèvres, s'attardait sur la troisième « lou... » et chuintait la quatrième. Appaloo-ooch-a répondit, comme éperonnée, et s'approcha.

Oregon la passa en revue : paturons, boulets, soles, muserolle et le reste. Il lui faudrait sans trop attendre remédier à l'usure des lacunes, bien rapide. Puis il s'inquiéta du bât, qu'il sangla avec soin, ne s'interrompant que pour des caresses : du plat de la main, il les distribuait, en alternance, le long de la ganache et sur le chanfrein. Il lui parlait doucement en cheval, ce qu'il pensait être sa langue à elle, où il introduisait, origine oblige, quelques mots américains, toujours choisis, jamais hasardés, jamais en trop grand nombre, peur d'abîmer la langue cheval, et les quelques vocables nez-percés qu'il connaissait, puis Appaloosa pansée, le tapis de selle brossé, il sortit d'une sacoche dans le bât une longue carotte et, une extrémité dans sa bouche, approcha l'autre des grosses lèvres frémissantes, dans l'attente, la carotte toute mangée sauf le petit bout où il avait planté les dents, du baiser qu'il savait inéluctable, lui — mais elle ? Il décida qu'elle savait aussi, à jamais, qu'elle était impatiente du baiser et, une fois encore, revit la scène belle qui l'avait tant ému et dont il eût tellement voulu être l'inventeur, la même qu'il venait de recommencer mais le premier à s'y livrer avait été, inoubliable, Marlon Brando dans *Missouri Breaks*, d'Arthur Penn. Oregon, pour toutes les prairies et tous les appaloosas du Nouveau Monde, n'aurait jamais avoué à Appaloosa qu'il copiait.

En cheval toujours, il lui promettait pour bientôt de grands champs de fléole, de fétuque, de trèfle violet et de trèfle blanc puis levant la tête pour lui chercher les yeux, et les trouvant qui regardaient au loin, il estima que le bonheur, avec ses images fourragères, les chavirait.

Les yeux chavirés d'Appaloosa.

L'examen minutieux et les soins auxquels il l'avait soumise n'étaient pas seulement la suite logique de la pause. Dans l'ignorance du pays à venir, et jusqu'à son existence même, il fallait que la condition physique d'Appaloosa fût parfaite. La sienne aussi : Oregon s'était occupé de lui, après la jument, s'étirant, se dénouant avant de s'asperger le visage d'une eau de gourde.

Ils traversèrent Gésir dans un double anonymat : le leur car personne ne les remarquait, s'il y avait jamais eu, ici comme ailleurs, aujourd'hui comme hier et avant-hier, âme qui vive. Puis l'anonymat de la ville. Elle était une réplique en plus grand des agglomérations dépassées, avec une seule longue rue, la route, mais bien plus de voies perpendiculaires la coupaient, où les maisons s'alignaient, grises, fermées, silencieuses, sans surprise, selon un ordre qui semblait la marque résignée du pays, dans une absence de vie d'autant plus impressionnante que l'espace, par son vide, la multipliait.

Ils avaient dépassé Gésir depuis 3 kilomètres et ne longeaient plus rien que de hautes broussailles immobiles, hostiles comme des sentinelles, où Oregon, à plusieurs reprises dressé sur les étriers, cherchait en vain un arbre, une habitation, quand la route s'interrompit. Il sauta dans la pierraille, tâta le goudron, les cailloux, la terre, d'abord incrédule, puis comme si à palper cette misère d'abandon il se fût convaincu de trouver pourquoi la route avait avorté. Sans doute les moyens ou la volonté de poursuivre avaient-ils tout à coup manqué aux ingénieurs et aux cantonniers — ou si un ordre leur était parvenu ? Sans indice aucun, la vérité semblait, ici, impénétrable.

Il remonta en selle, chuchota quelques mots à l'appaloosa, dans le soupçon d'un événement jamais vu et inouï et, sans transition, pour la seule raison qu'ils avaient poursuivi droit devant eux sur ce qui semblait l'espace compris entre les deux lignes d'un chemin moribond, ou mort, chemin qui n'en était peut-être même pas un, ou ne l'était plus, ils se trouvèrent à peiner dans une mare de boue qui se hissait le long des jambes de l'appaloosa et Oregon, une fois encore debout sur les étriers, crut voir qu'elle était sans limites, devant lui mais aussi loin derrière lui : violée, brassée, projetée, émiettée, la boue répondait à l'agression par un étalement profond et irrépressible. L'appaloosa, la tête haut dressée, peur de cette marée et des éclaboussures, montait les genoux l'un après l'autre, à toute vitesse, jamais un sabot ne s'extirpant de la boue que l'autre n'y replongeât, pendant qu'Oregon lui parlait, sans arrêt et, malgré lui, donnait des éperons, Appaloosa lente à progresser dans la mélasse immonde, si imprégnée d'eau et si visqueuse, vaseuse, si grumeleuse et glougloutante et gluante qu'elle semblait, par les seules opérations de sa chimie personnelle, se creuser à elle-même les trous qui devaient la dilater sous terre d'où s'échappaient, pour crever à leur apparition en surface, des bulles noires porteuses de matières corrosives, de gaz et de pestilence, dont Appaloosa, renonçant à encenser, tentait de se défendre en projetant la tête à droite, à gauche, dans une violence à lui rompre le cou, Oregon, lui, le nez écrasé sous le gantelet de sa main gauche — la droite tenant la bride — puis, avec la même déconcertante soudaineté que la boue avait succédé à la route, elle disparut, comme absorbée par une magie faite pour dissoudre, Oregon, abasourdi, se demandant, dans le vent qui le frappait de face, s'il ne rêvait pas, hypothèse que démentait, sur chacune des jambes d'Appaloosa, entre le genou et l'avant-bras, l'ordure en plaques noires et macules, toutes poisseuses.

Il entendait de nouveau les sabots, qui, à présent, frappaient sur un sol sec et sonore, semé d'éclats brillants, silex, écailles, cristaux... minces miroirs aigus qui renvoyaient le soleil avec une densité blessante pour les yeux, au vrai insupportable, et comme Oregon, les abritant de la paume de sa main droite à l'horizontale sur le front, se dressait une fois encore, il découvrit, avant qu'une rafale le couchât et le tînt, sans qu'il pût se redresser tant elle persistait dans la violence, accroché à l'encolure d'Appaloosa, un monde de roches, rochers et pierres à perte de vue, sans fin comme plus tôt il avait semblé la boue, toute une nature lithogène où la jument tour à tour glissait, heurtait, bronchait, jusqu'à ce que, soudain arrêtée, elle eût décidé de ne plus repartir, malgré les objurgations d'Oregon, ses mots d'amour, ses assurances, ses promesses hurlées dans la tempête, Appaloosa couverte de la sueur de la peur et de la sueur de l'effort, sa robe zébrée de frissons... Quand enfin elle se remit à marcher, il semblait que l'univers se fût encore davantage empierré, avec la pierre sous toutes ses formes, ici gigantesque, en masses, là en pierraille, tantôt si racinée dans le sol, d'où elle émergeait, qu'Oregon eût pu la croire exsudée du cœur féroce de la terre mais il avait choisi de la voir éclatée là-haut, tombée de là-haut, désarticulée pendant la folle descente, fragments de la matière opaque d'une météorite pour laquelle, après l'avoir déclarée indésirable à cause de son volume, de son poids, de sa combustion, le ciel et la thermosphère ouvrirent un jour (une nuit ?) leurs portes horizontales, la vouant à la chute et au choc, à l'écrasement et à l'éclatement cosmiques, pierres brisées peut-être seulement à la fin du voyage, au bout de la pesanteur, à cette seconde où, heurtant plus consistant qu'elle et contrainte alors d'oublier son dessein de défonce, la météorite excave la terre, à jamais privée du ciel originel et calée pour toujours, vouée à l'immobilité et à l'émiettement dont témoignaient, dangereux par leurs arêtes et le gigantisme de leurs mille dents irrégulières, dalles, blocs, mégalithes épars sur un sol lugubre de lune.

Admirable Appaloosa. Ils en sortirent. Oregon calculera 15 kilomètres, à partir de la limite méridionale de Gésir, pour cette fin de laisse contrastée de basse (très basse) terre, boue et pierre se succédant dans les vents, qui n'avaient pas cessé de souffler. Les vents, non pas le vent. Comment l'imaginer seul, en imaginer un qui, à lui seul, posséderait le pouvoir de s'élancer, se déchaîner, balayer, disperser, user, frotter, déliter, hurler, se reprendre et, sans reprendre haleine, se relancer comme s'il venait de se rattraper, toujours rené sur le point d'expirer, habile et entraîné — depuis le temps... — à sauter le dernier souffle, dont il évitait le danger en repartant sur l'avant-dernier, expert à déjouer sa mort, que seraient pour lui le répit, la bonace et le silence. Des vents — tous les vents — catabatiques, avec des pointes démentes qu'Oregon penché et les bras passés au cou de sa monture, caché derrière le garrot, agrippé à elle, estima à 180 kilomètres à l'heure, où ils ont ébranlé les plus gros et culbuté les plus petits vestiges de l'astre chu et déchu, vents pour l'ordinaire et hors furie entre 60 et 80 kilomètres à l'heure, selon ses calculs, assez forts pour avoir, un jour et à jamais, déchiré le végétal, expatrié l'oiseau, repoussé l'homme.

Tous les hommes sauf lui, Oregon, là-bas avec Appaloosa sur ce qui semble une ligne de crête où il est parvenu sans éprouver la sensation qu'ils montaient. Dans le pressentiment du pays qu'il va trouver, après la boue, les pierres et la tempête, quand il descendra de la crête, qui est ici comme une espèce de marche. Comme une frontière, désormais fermée là d'où il vient, ouverte là où ils vont aller.

Passé le dernier bloc et le vent soudain tombé, Oregon était trop perturbé et secoué pour comprendre qu'il quittait un monde pour un autre. A l'intérieur de lui, dévasté. Il lui a fallu peu à peu sortir d'une hébétude. Appaloosa de même, qui avait puisé loin dans ses forces. En l'examinant, il a découvert la blessure provoquée par un jet de pierre, à la hauteur de la châtaigne. Etendue et profonde la plaie et les fanons sont poisseux de sang mais la jument guérira là-bas, demain, où ils iront. Il s'est remis en selle.

Tous deux sur cette ligne de crête. L'appaloosa et lui, immobiles. A ce point délivrés de la mécanique des mouvements qu'ils paraissent un élément du paysage, une double chair minéralisée, debout dans l'éternité qu'une lumière sûre de sa force leur découpe, qui les a sculptés. On dirait qu'ils ne quitteront jamais leur forme, que jamais ils ne déchireront, pour s'en extraire et, vers une vie et une mort solitaires, aller chacun de son côté, le tissu de leur apparence commune, qui est aussi leur être. Si beaux. De la masse qu'ils offrent, on ne distingue pas les corps qui, l'un à la verticale, l'autre à l'horizontale, forment, sans une tache, sans un soupçon de graisse, sans un débordement, sans une bavure ou une gaucherie qui altéreraient, l'angle parfait. A ce point de perfection dans l'équerre que la bête semble prolonger l'homme, avec les jambes qu'elle lui prête, et l'homme grandir la bête, avec le torse qu'il lui a vissé. Centaure.

Celui-là qui les découvrirait à l'improviste estimerait que cette perfection dans l'immobilité ne relève pas de la durée mais de toujours, puisqu'il ne pourrait imaginer qu'elle ait jamais commencé, vieille comme le paysage ici et le monde tout autour, de la même façon qu'il n'arriverait pas à prévoir sa fin, racinés qu'ils sont dans l'éternité du paysage et du monde.

A la ligne de la crête, en aplomb du vide, en haut de la plaine, si haut qu'il feint de croire se trouver à la moitié du ciel, Oregon observe, découvre, enregistre. Les paupières fermées, réduites à une fente, il lui semble que les cils, de surcroît, filtrent son regard et qu'ils contiennent l'ardeur brutale où, les yeux grands ouverts et avides, il se laisserait aller, impulsif, possessif s'il ne craignait, d'instinct aussi, de semer le désordre et la peur. Tout voir mais centimètre par centimètre, petit à petit, sans rien forcer, sans rompre rien, sans bruit. Sans déranger. Laisser, en dessous, la terre courir. L'homme et la bête sans broncher. Longtemps. Soulagé, en outre, Oregon. Il n'a découvert ni toit, ni fumée, ni culture. Quand il lui paraît qu'il a tout intériorisé de l'espace où s'étale la plaine et d'où monte le ciel, à ses extrémités, qu'il a fait son plein de la lumière et des ombres, des formes, des mouvements, il entreprend de déplacer le centaure. A une pression qu'il exerce, l'appaloosa répond, bronche, sabots soudain sonores et le monde, quelques secondes, respire et palpite, le temps pour le centaure de choisir une autre perspective. Oregon en a profité pour extirper des fontes une lunette d'approche et une paire de jumelles. Il les utilisera tout à l'heure. Dans l'immobilité revenue et le temps de nouveau figé, il reprend son examen silencieux. Toujours les paupières presque closes et cette fente où se coule un même regard, un même bonheur, un même amour. Le même respect. Et toujours, mais atténuée, cette angoisse à la pensée de surprendre un toit, une fumée, une culture.

Si le temps passe, pourtant, il tient à cette nouveauté des jumelles et de la lunette, aux gestes d'Oregon quand il les règle devant ses yeux bien ouverts et que, ce faisant, dans la jubilation il grossit le monde et lui ajoute, qu'il porte jusqu'à ses confins, là-bas où s'accomplit en majesté un relief à corniches, terrasses, promontoires, cirques, amphithéâtres, lignes de crête, flèches, barres, grandes murailles indentées, roches sporadiques, vallées en berceau et vallées calibrées, hauts plateaux, déchirures volcaniques...

C'est pour lui qu'il est arrivé jusqu'ici, pour lui qu'il est venu : ce pays, de la prairie aux cimes, ce monde. Oregon ne doute pas qu'ils lui adressèrent des signes, toute leur vie et toute sa vie, l'appelant de leur solitude, cherchant la sienne, lui parlant par les mots d'une langue qu'il n'entendait pas, dont il vient tout juste d'avoir la révélation, quand bien même la pressentait-il depuis un certain temps, et dans l'exubérance qui les habite soudain, la jument si sensible à l'humeur de son cavalier qu'elle s'ébroue, piaffe, caracole, hennit et encense, la proie, lui, d'une exaltation telle qu'il ne cesse de démonter, remonter, encore démonter, embrassant l'appaloosa sur les naseaux et, avec la deuxième carotte, qu'il est allé prendre dans une cache sous le bât, il recommence la scène, si animale, si humaine, du baiser, où donnent les grosses lèvres d'Appaloosa, bêtes d'une surprise jamais émoussée. Quand l'émotion le chavire de sa houle, Oregon se murmure : miracle... miracle... bonheur... bonheur... à sentir qu'il a enfin entendu la langue, perçu les signes, compris les mots de sorte que le pays ne s'est pas, las et désabusé, détourné de lui, pas plus qu'il ne s'est, la faute au temps qui passe, flétri et enlaidi. Remonté pour de bon sur l'appaloosa, il vit avec intensité, dans une débauche d'images fortes et belles, la journée à venir, demain, quand il s'enfoncera dans la prairie verte et vive et frémissante où le pays, sous le souffle de la brise dans le soir qui le presse, semble courir sur son herbe.

Il range la lunette car l'obscurité noie les lointains, où le jour elle porte. Range les jumelles car à l'œil nu il distingue mieux, à cette heure entre chien et loup, les formes proches. Appaloosa et lui fatigués, il a remis au lendemain la suite du voyage. Il devine que sa découverte et son exploration de ce qu'il vient de nommer, à l'instant, le Pays doivent se dérouler dans le temps le plus long, commencer à l'aube et se poursuivre, le temps autour d'Oregon et Oregon dans le cœur du temps, peut-être l'un fait pour l'autre, et l'inverse, de sorte qu'ils seraient, le temps et lui, l'un l'autre — Oregon aussitôt en train de se voir aller, marcher avec le temps, affolante image qu'il se prend à serrer dans son poing et contre lui comme un objet susceptible de s'échapper, Oregon et le temps qui avancent, en si belle harmonie, en si rayonnantes épousailles, juste conjonction et parfaite osmose, l'un qui enveloppe l'autre et l'autre, dont on jurerait que depuis toujours il ne demandait que ça, lové dans le manteau du temps, tous deux d'un même pas ou d'une même glissade ou d'une même coulée — où, se demande-t-il, où le mot juste et définitif, ici ? A chercher. L'affolante image... Quand elle se dissout, malgré le poing, malgré la protection de son corps, il met longtemps à s'en libérer, si obstinée sa rémanence qu'il puise en elle l'assurance d'une éternité partagée. Oregon et le temps : une même matière. Il n'en peut plus de n'être pas déjà à demain : là, il n'en doute pas, le temps l'attend.

Il a trouvé l'endroit idéal où bivouaquer. Sur des mousses sèches au milieu de pins d'Alep, d'arbres pancoviers, de seringas à l'odeur multipliée et portée par la fraîcheur du soir, à une courte distance du cours d'eau où Appaloosa n'en finit pas de se désaltérer. Allumé le feu de mesquite, Oregon a sorti du bât quatre bananes puis, parce que l'amour est chez lui toujours soucieux, il a renouvelé, à la châtaigne, le pansement de la jument. Il s'est redressé pour découvrir à 10, peut-être 15 mètres, des couleurs en nombre et en folie, marron, rose, bleu, orange et, sinon tout à fait des couleurs, quelque chose d'indéfinissable où se mêlaient du marron, du rose, du bleu, de l'orange, tout un espace étendu et découpé en chapes, en traînées que tour à tour ombrait et éclairait la cime des oliviers qui, plus bas, frissonnaient d'argent comme s'ils eussent emprunté à des bouleaux, le vent agitant et déplaçant avec une dextérité et une rapidité de prestidigitateur les blancs bijoux de leurs feuilles, où les froissements de la soie tenaient lieu des cliquetis de l'or.

Juste au-dessus de l'endroit où Oregon s'était étendu, Apaloosa couchée sur le flanc, tout près, la lune venait de prendre un coup de sang. Exubérante, joueuse, elle se donnait à une grande partie avec les nuages, qu'elle éclairait, qu'elle n'éclairait pas, se cachant, reparaissant, feignant de ficher le camp, puis elle encore dans la dissipation des nuages, amputée, coupée en deux, puis se reconstituant pour, un peu plus tard, à nouveau se tronçonner, se réduire à un quart, à un croissant, à une ombre gibbeuse et enfin revenir à sa condition de pleine lune, dans sa beauté de disque aux 31 minutes d'arc, toutes phases accomplies en quelques minutes et dont Oregon ne doutait pas qu'elles étaient destinées à le séduire. Jeu dont, s'il eût fallu, il se fût passé : la lune le marqua à jamais le jour où il apprit qu'elle possédait une atmosphère, jadis, dans un temps sans mémoire et que cette atmosphère, un jour, s'était échappée dans l'espace. Echappée dans l'espace ! Irrécupérable. A jamais. Oregon n'arrivait pas à s'y faire et il aimait la lune d'un grand amour romantique, pour la fatalité de sa nature (« la fatalité sélène », comme il disait), le sort épouvantable auquel cet accident cosmique l'avait vouée, épargnant le soleil (pourquoi lui et pourquoi pas elle ?) et il ne doutait pas que, réduite à la condition de satellite, elle quêtait l'impossible don d'un peu de chaleur.

Son souci de la lune n'était pas étranger aux préoccupations que l'état de la terre provoquait en lui. Si la terre meurt, que va devenir la lune ?

Il l'aimait surtout dans son premier quartier, quand elle montre avec le plus de netteté ses froides splendeurs. Oregon alors, saisissant sa lunette, ressentait jusqu'au vertige le spectacle de ses plaines de lave solidifiée, de ses mers sombres, de ses dômes, de ses cernes, de ses chaînes en arcs de cercle et il accomplissait là, à 380 000 kilomètres de distance, dans ce monde mort criblé de cratères, marqué par les bombardements météoriques, couvert de cendres, un voyage silencieux dont il devinait qu'il était l'antithèse de celui qu'il commencerait le lendemain, et comme son envers. Il s'éveilla à trois reprises et trois fois traversa les cuvettes, les vallées, les hautes terres des cratères, se disant, bouleversé : « J'entre dans les hautes montagnes de la lune » — et il tentait de rester là-haut dans le sommeil repoussé et la vision de mers lunaires à 8 000 mètres au-dessus de leur niveau. Une fois il calcula l'heure : 9 heures — il s'était endormi tôt — et découvrit, de chaque côté de la Voie lactée, à gauche Castor et Pollux, Bételgeuse et Aldébaran à droite. Quand il s'éveilla pour de bon, elle était encore là-haut, pâle dans le jour qui se levait, mais obstinée, comme accrochée à une surface fixe dans le lent basculement de la voûte et Oregon ne douta pas que, tutélaire et puissante, pour lui de toute la nuit elle n'avait pas quitté le ciel.

Et ils y furent. Longuement, Oregon, lent dans le jour naissant, s'était livré à des ablutions, sur le bord de la rivière, tour à tour songeur et impatient, oppressé et euphorique, se parlant, et il parlait à sa bête cavaline aussi puis, la pente dévalée, à peine venaient-ils de fouler les premières herbes, à la lisière des deux mondes, celui où il avait passé sa vie et la nuit et le nouveau monde où il entrait, qu'il se découvrit en pays de collines, toutes petites et alignées les unes derrière les autres et (comment dire ? se disait Oregon) comme des enfants à saute-mouton mais une soudaine immobilité, ici, frappant à mi-hauteur, les avait figées dans leur élan à jamais…

Appaloosa avançait, légère et rapide, d'une colline à l'autre, chaque ascension de courte durée, à peine le temps pour Oregon qui, accordé à sa monture, en épousait le jeu des muscles, à peine le temps pour lui de s'entendre souffler qu'ils descendaient l'autre versant, puis remontaient, redescendaient pour remonter, tous deux allègres, transportés, inépuisables dans le paysage inépuisable, l'horizon aboli dans la descente, pressenti dans l'ascension, redécouvert au sommet de chaque colline, là-bas au loin, à perte de vue où semblait que les conduisait sans s'interrompre, sans jamais reprendre haleine, coureuse sous la brise, ébouriffée, cette nature exubérante de chat heureux, étirée comme un accordéon en soufflets de collines.

A un moment, Oregon se tournant à demi découvrit le soleil énorme et embrasé qui attendait dans une région basse de l'horizon, à l'est, sa partie inférieure encore accrochée à la terre, comme il lui sembla, soleil traversé de vols d'étourneaux si compacts qu'ils l'obscurcissaient mais, dans l'exubérance de leurs allées et venues, ils amorçaient, groupés, des descentes en piqué puis s'écartaient soudain les uns des autres, et chacun s'abandonnant à une chute solitaire, on eût dit que le soleil, rendu à sa couleur d'incendie, versait des larmes de sang noir.

C'était là-bas, au-dessus de Gésir, dans un autre monde.

Puis les collines disparurent, d'un coup, et il continua d'avancer, dans la prairie telle qu'il l'avait imaginée et qu'il l'avait découverte au sommet de la crête, avec ses hautes herbes pour le bonheur du vent et de la houle. Pour le sien. Il arrêta la jument, sauta, fléchit sur ses jambes en touchant terre et, se redressant, trouva d'instinct les gestes du nageur, comme s'il eût plongé et qu'il eût dû, pour refaire surface, écarter les tiges prégnantes comme de l'eau qui l'accompagnaient dans son ascension. Elles lui arrivaient à la taille et montaient jusqu'aux paturons d'Appaloosa. Ils allaient à présent de front, dans une végétation souple qu'ils écartaient en douceur, balançant les angéliques, les mimosas, les berces à la façon d'un vent ami, la jument accordée à la lenteur d'Oregon qui, respirant l'haleine de la flouve, s'efforçait, les yeux baissés, de distinguer entre les plantes à ras du sol et, reconnaissant la fétuque, jubilait. Puis il tirait des fontes son guide des plantes et, longuement, cherchait, comparait, marquait au crayon les trouvailles passées de la terre au livre et du livre à son savoir : la molinie, le nard, les brachypodes, les avoines, la laiche, la fougère aigle, dans le bonheur et la lumière. Il remonta sur la jument et en arrêta la course à peine en selle. L'eût-il pu, à cet instant, il l'aurait arrêtée pour toujours, l'eût-on assurée que la merveille était éternelle — et si elle ne l'était pas ici, où ? Devant lui, quatre couleurs. Devant lui, et comme si les hautes herbes, elles aussi, avaient décidé de ne pas empiéter, les quatre couleurs bien à plat, bien étendues, bien disposées, d'un champ, ou un champ de quatre couleurs qui étaient le vert, l'ocre, le mauve et le jaune, la lavande, l'orge, le coquelicot et le blé sauvages, chacun des espaces marié, par sa couleur, aux trois autres et les quatre si forts et harmonieux et resplendissants et s'étendant si loin — la beauté absolue, je pense, pensa Oregon — qu'il ne pouvait rien que promener et encore promener son regard. Comme plus tôt les plantes montées au livre et à lui, il entreprit d'intérioriser l'espace et ses couleurs, dans un effort violent de la mémoire et, sans qu'il l'eût voulu, sans qu'il l'eût décidé, ses mains tâtonnèrent dans les fontes, l'une d'elles en retirant, tremblante, le cahier où il entreprit de porter les signes qui disaient les quatre couleurs.

Et nommaient, à jamais, Quatre Couleurs.

Quatre Couleurs.

Son premier nom. Le premier nom du pays. Son premier baptême.

Quatre Couleurs et en lui aussi, sur l'une des nombreuses cartes de sa géographie en lui, Quatre Couleurs. A peine s'était-il un peu repris qu'il s'entendit se parler : Où vas-tu, Oregon ? Et Oregon à Oregon : à Quatre Couleurs.

Son premier nom. Le premier nom du Pays. Son premier baptême, Oregon se racontant que, partout où il irait, désormais, il irait partout à Quatre Couleurs.

Il remonta, fouilla dans une des sacoches à côté des fontes, trouva la boussole, chercha la direction de l'Ouest. Toujours. Ils accédèrent bientôt à une terre de brie, qu'il reconnut à la splendeur bleue de son calcaire, pressentit l'eau, où l'invitaient en rauques chansons des grenouilles (un torrent ? une rivière ? un marais ou une mare ?), entreprit de gagner les bords de l'eau, quand bien même devait-il s'écarter du chemin de l'Ouest, ce qu'il n'aurait pas voulu si tôt dans son voyage, mais plus tard la découverte du pays accomplie et ils arrivèrent sur les berges de ce qui lui sembla un étang, qu'il longea, pour accéder à la rivière qui se déversait en lui, où, dans son sable, il chercha le lit du vent, qu'il trouva et dont il tira un nouveau, fulgurant bonheur. Sur la rive, où Appaloosa se penchait pour boire, un mot lui vint, après qu'il eut longuement observé et admiré, à vrai dire un nom, qu'il roula dans sa gorge, amena sur le bord de la langue, refoula, avala, reprit, roula une dernière fois comme s'il eût dû lui trouver, à la longue, douceur alors qu'il n'était que violence, tragédie, mauvais souvenirs et mauvaise haleine et il le lâcha enfin, dont une nouvelle fois il manqua défaillir, submergé par l'audace et l'allégresse : Washita, qu'il entreprit de franchir par ce qui lui parut un gué.

La Washita.

Il s'entendit se parler : Où vas-tu, Oregon ? Et Oregon à Oregon : sur les bords de la Washita.

Où il était et qu'il ne quitterait jamais.

Sur l'autre rive, lui aussi se pencha, jusqu'à baigner son visage dans l'eau, qu'il but comme Appaloosa, Oregon la tête en bas dans la Washita puis il prit la jument par le cou qu'il enserra et lui raconta : Te rends-tu compte ? La Washita ! Un fleuve de chez toi. Un nom pour toi, que je donne à la rivière ici et que je t'offre, un nom de chez toi, entends-tu ? Un nom de chez toi — et un temps, dans le silence qui suivait son apostrophe, il se vit, dans une vision visionnaire, Black Kettle, Chaudron Noir, le grand chef des Cheyennes du Sud, vieux, si vieux, rescapé d'un premier et abominable massacre, celui de Sand

Creek, Colorado, en 1864, et là en Oklahoma, quatre ans plus tard, avec les Cheyennes rescapés et les Arapahos accourus, un autre massacre où perdent la vie mille poneys et cent trois Cheyennes, dont Black Kettle, que la soldatesque de Custer décapite et dont elle souille le corps de boue.

Sur les bords de la Washita.

Malheur.

Black Kettle ressuscité dans la vie d'Oregon et Oregon enseveli dans la mort de Black Kettle.

Malheur — non. Ça ne se passera pas ainsi. Il se disait qu'il allait, là, dans le Pays, prendre une revanche qui ne serait pas seulement la sienne, mais celle de la condition humaine tout entière, rachetée, recomposée, repartie, à jamais éloignée des pays menacés, perdus, bouleversés, nécrosés, dévastés, revanche qui serait aussi, à égalité, celle de la planète, qu'il rendrait à son intégrité, dans le temps d'avant les fleuves souillés, les montagnes arasées ou éventrées, les forêts terrassées, les animaux exterminés, la terre profanée d'une désolation universelle, revanche encore pour l'Histoire, déconsidérée, lourde en crimes et forfaits, l'abomination même, revanche, enfin, pour le langage, dont il ne doutait pas qu'il allait, accordé aux choses, régner par la grâce de ses mots les plus beaux, les plus évocateurs, les plus riches en sonorités, les plus forts en sens, les plus grands leveurs d'images — mots qui sont l'orgueil de la géographie, toute une œuvre de régénération qu'il accomplirait ici, dans le Pays dont Oregon commençait à penser qu'il avait traversé le temps sans dommage ou qu'il avait échappé au temps ou, encore, qu'il s'était arrêté à un moment du temps, à temps dans le temps, peut-être un peu avant le néolithique, quand les choses se préparent à mal tourner, s'éloignent de la splendeur originelle qu'Oregon chevauchant reconnaissait dans les acajous, les cornouillers de Floride aux glomérules serrés, les épicéas du Tibet, les pins de l'Himalaya, les gunneras, le jacaranda bleu et, quand il baissait les yeux, la verveine de Magellan. Les noms se pressaient sur ses lèvres : Okawongo, Marigot, Jugujugu, Acacia, Ngorongoro, Masai-Mara, qu'il rejeta, quitte à les reprendre, selon une logique, ici, qui serait celle de la géographie, soucieux de baptiser avec mesure et à bon escient, dans la connaissance intime et fervente de ce qu'il donnait.

Qu'il donnait pour toujours.

Il trouverait plus loin, il n'en doutait pas, peut-être demain, les lieux qui appelleraient d'eux-mêmes, dans un long cri de triomphe, leur nom d'origine et Oregon tenait prêt, préparé, bon pour servir, El pueblo de la reina de Los Angeles sobre el río de la Porciuncula, que Los Angeles, dévoyée, avait détrôné.

Il devinait qu'il emprunterait à la faune, à la flore, à la géomorphologie, à la cosmologie, à l'orographie, à l'ethnologie, à la paléontologie, à la climatologie, à la planétologie, à la géochronologie, à la systématique, — liste qui n'était pas limitative.

Sur le carnet il traça une ligne qui partait de Quatre Couleurs et montait, en direction de l'ouest, jusqu'à la Washita — premier état d'une première carte.

Comme ils s'éloignaient de la rivière, Oregon, qui

se dressait sur les étriers, repéra un arbre seul et solitaire et grand dans la mer recommencée de l'herbe de la prairie puis, à quelque distance, enregistra de hautes blocailles, ensemble pour lequel il replongea la main dans les fontes, en ressortit le carnet, écrivit, tremblant, Saint-John Perse. Les amers Saint-John Perse. Pour toujours. A jamais. L'arbre, la pierre géants et, pour eux, ce patronyme : Saint-John Perse, dans un matin adamique.

Son troisième baptême et, lent, comme avec religion, il traça dans le cahier sur la carte ébauchée les lettres du nom, un peu au nord-ouest de la Washita puis il porta la main à son cœur, pour en discipliner les battements : de Quatre Couleurs à Saint-John Perse la ligne inscrite par le crayon faisait une piste qui, à un moment, longeait la Washita.

Colt Peacemaker en main — peacemaker : faiseur de paix, la dérision ! —, Gene Hackman, le shérif de Big Whiskey, dans le Wyoming d'*Impitoyable* et de Clint Eastwood, avait dit, une fois : « J'amène la violence, le vent et la pluie » et Oregon, à haute voix à Oregon : « Moi, c'est le contraire, j'amène l'amour, la paix et le soleil... », sous les cirrus du ciel, bleu depuis l'aube, où ils iraient jusqu'à la nuit.

Une lueur soyeuse empourprait la prairie, qui prenait des couleurs de savane. Le délicat mélange des ombres et des lumières exaltait les formes et il semblait que le monde autour d'Oregon n'était plus que roulades, glissements, frottements, frôlements. Il y avait là-bas, juste devant lui, où sans doute l'horizon était tombé, une sentinelle incertaine et solitaire qu'il ne sut pas nommer. S'avançant et comme si son destin, il le pressentait à l'instant, eût été de toujours aller plus loin dans cette matière immatérielle, cette impalpabilité du ciel, il distingua un arbre aux branches et aux ramures fines et élancées, riche bouquet arachnéen où il crut voir un vase, comment dire se demanda Oregon, un vase évasé, qui de l'intérieur eût poussé sur ses flancs jusqu'à la dilatation, vase orante dans l'attente du don de l'eau que les nuages allaient lui faire.

Quand il leva la tête pour chercher la lune — trop tôt — il sut qu'il n'oublierait jamais : on eût dit que le soleil, déchaîné, vibrionnant, exubérant, avait poussé loin et partout passé un balai fou, puis, le ramenant à lui en raclant de ses pailles, qu'il venait de balafrer la voûte de stries interminables et roses, ici bien alignées, là dans le désordre...

Appliqué après son coup de folie, il avait, ailleurs, étalé des surfaces de couleur et raffiné sur elles, introduisant, sur un fond gris, de minces sillons blancs, qui ajoutaient au rose, sans se mélanger et ailleurs encore, où Oregon cherchait, bouleversé, infatigable, le soleil révéla, sans doute à l'instant de s'en aller, de grandes traînées vineuses, larges et longues, qui se partageaient le ciel en laies, toutes marquées à l'estampe...

Il s'éveilla vers 4 heures, pensa-t-il, un peu avant l'aube. Comme toujours, sa première pensée fut pour Appaloosa, qu'il chercha du regard et découvrit à 20 mètres, couchée dans un rayon de lune si bien ajusté à son corps qu'elle semblait se baigner dans une flaque de lumière. Eveillée, elle aussi. Il porta la main au pansement et, ne le trouvant pas, tenta de reconnaître la blessure. Elle avait disparu. Sous ses doigts, rien de protubérant ou de creux. Peau et robe intactes. Brillante, la peau. Oregon se leva, incrédule, prit la torche dans une sacoche de la selle, revint à la jument, la sollicita aux jambes, qu'elle leva, et tâtonna à l'intérieur des sabots. Hier usées, les deux lacunes, sous la corne, paraissaient neuves. Comme si le Pays — il l'avait pressenti sans le croire — guérissait et régénérait.

Mystère qui ajouta encore à son allégresse, ce bonheur qui semblait aller avec l'air (Oregon à Oregon, sa première phrase du matin : dirai-je balsamique ? — et Oregon à Oregon : dis-le), l'air balsamique, donc, issu de ses propres composantes par lui essaimé. La lune les portant, les ombres de l'homme et de la bête n'avaient cessé de marcher avec eux, les précédant de quelque 50 centimètres puis Oregon découvrit que sans prévenir leurs ombres les avaient quittés. Un hibou hulula « Ho-whop, Hoo, Hoo », adresse à la nuit qui accélérait la montée du jour. Les étoiles s'éteignaient les unes après les autres. Oregon les guettait en ne cessant de se remémorer et de se réciter à voix haute une phrase qui était devenue, à la seconde où il l'avait lue, une composante de son être, phrase-pensée et phrase-glande, qui disait : « La Terre n'a fait que frôler la zone la plus poussiéreuse du ruban de débris laissés par la comète Swift-Tuttle dans son orbite », énigmatique et peut-être terrifiante merveille orale dont il s'exaltait en regardant le ciel où, hissé par la phrase, il cherchait d'invisibles comètes et, avec elles et comme s'il devait jamais le trouver, le rayonnement fossile de l'univers.

Puis ils entrèrent, comme la veille au début du premier matin, dans un espace vallonné, une succession de collines arrondies, tout en douceur, mais le ciel, ici, descendait bas, à moins que le sommet des collines portât plus haut qu'il ne semblait : toujours est-il que le ciel et la terre semblaient s'être rapprochés. Oregon se demandait quand, où ils finiraient par se toucher, et les conséquences, quand d'un coup les collines disparurent et il découvrit, debout sur l'appaloosa, que le Pays jusqu'à perte de vue lançait son espace. Un instant, il ressentit loin en lui, où elle irradiait, la grâce d'un rayon paille qui, dans le vert immuable de la prairie, s'attardait sur une herbe paille aussi, comme si trop fort et l'ayant par inadvertance brûlée, le soleil tentait de réparer sa faute en lui dispensant l'onguent léger de sa lumière. A chaque foulée d'Appaloosa, des lapins et des lièvres s'écartaient d'un bond, qui ne les menait pas loin : sans plus bouger, ils levaient la tête ou se retournaient pour voir, spectacle dont Oregon tirait le sentiment — encore qu'il n'osât pas, superstition sans doute, le croire tout à fait — qu'ils étaient, la jument le premier équidé et lui le premier homme à marcher dans le Pays. Les premiers aussi à découvrir une mémoire animale où les hommes n'existaient pas. Il écouta longtemps, la jument aussi immobile que lui et dut admettre qu'il ne savait pas : grive musicienne ou linotte mélodieuse ? et il chercha son livre-guide des oiseaux.

Ils progressaient à présent dans une forêt de liquidambars, de passiflores en arbres, de palmiers à cire et de quinquinas où, dans un grand délire de plantes équinoxiales, montait le parfum de la vanille. Les oiseaux se multipliaient tellement, les uns qui volaient, les autres qui prenaient leur vol, d'autres qui se posaient, qu'Oregon lança à destination de Christophe Colomb intenses pensées, profusion de signes (Oregon à Christophe Colomb : Tu te rends compte !), lui racontant qu'il se rappelait son approche du Nouveau Monde, comment les marins de la *Niña* rapportaient la présence d'oiseaux de plus en plus nombreux, dont Christophe Colomb tirait la certitude de la terre proche, hirondelles de mer et pailles-en-queue.

Deux espèces certes d'un faible poids mythologique mais il y en avait d'autres, de grandes escadrilles dans le ciel dont les noms, à cette époque, ont manqué leur entrée dans l'Histoire (à cette précise histoire de la découverte du Nouveau Monde) pour la simple raison que Christophe Colomb ne les connaissait pas et, dès lors, ne les pouvait nommer et Oregon, lui, à la chaîne : l'albatros hurleur, le fou de Bassan, le fou brun, la sterne arctique, la frégate superbe, le goéland, la mouette rieuse, le macareux moine, qu'il égrenait, visionnaire rapide, tandis qu'il regardait s'abattre les grues couronnées, pour chacune d'elles craignant qu'elle se fût, à la seconde où il la découvrait, rompu un ménisque (Oregon à Oregon, perplexe tout à coup : des ménisques à une grue ? Et Oregon à Oregon : fais avec...) ou quelque attache, mais non, c'était leur façon à elles de courir, en pliant des pattes qui descendaient si bas à ras de terre, avec le corps qui pesait et s'affaissait, comme frappé, qu'elles semblaient devoir ne jamais remonter. Epoustouflant. Un peu plus loin, il tomba sur une troupe, corps bien ronds, cous bien courts, queues bien pointues, de canards siffleurs et, en hommage à leur drôlerie, aussi pour saluer les chevaliers combattants et les barges à queue noire, qui sautillaient à leurs côtés, il baptisa l'endroit, près d'une pièce d'eau, Limicole.

Main fiévreuse qui plonge dans les fontes, en tire le carnet, porte Limicole, prolonge le trait au-dessus de Saint-John Perse.

Le quatrième nom du Nouveau Nouveau Monde. Du Pays. Oregon à son quatrième baptême. Limicole.

Limicole — et Oregon à Oregon : Ailleurs, de tels bonheurs seraient impossibles et, de toute façon, trop petit le cœur, personne ne pourrait les porter, supporter.

Puis ils entrèrent, des flamants qui les survolaient les saluant des coups appuyés de leurs claquesons, dans une forêt aux troncs énormes, et serrés tellement, pourvoyeuse dès lors de tels échos, qu'il la décréta primaire, encore plus primaire que les autres dans le Pays, forêt surgie à la première heure du Nouveau Monde et depuis lors inchangée, intacte, comme si le temps n'avait pu passer, mordre ou qu'elle l'eût refoulé et Oregon se pensa dans une cathédrale (la cathédrale sans doute inventée à partir de la forêt primaire) et, en hommage à la partition qu'exécutaient les merles, grives, fauvettes et autres troglodytes musiciens, il baptisa cette partie de la forêt Grand Concert.

Son cinquième nom. Son cinquième baptême et sur le carnet ressorti il ajouta Grand Concert, prolongeant jusqu'à lui, un peu plus encore vers l'ouest, le trait qui s'arrêtait à Limicole. Puis ils repartirent.

Le nombre des passereaux ne cessant d'augmenter au fur et à mesure qu'ils avançaient, où sans recourir au livre-guide il reconnaissait pinsons, chardonnerets, bouvreuils, moineaux et serins, il appela l'endroit Fringillidé.

Qu'il porta... Il ne déposait plus le carnet dans la fonte de droite ou dans celle de gauche. Son sixième baptême et un bonheur fou, à regarder, à prolonger, à regarder se prolonger cette ligne, si mince, si modeste, si peu conquérante, aux limites de l'excuse (pardon si je m'avance...), qui, sans rien abîmer, sans rien abattre, sans rien éventrer, sans rien déterrer, sans rien labourer, reliait Quatre Couleurs, désormais loin à l'orient, à Fringillidé, à l'occident — un monde.

Le Nouveau Monde.

Non. Déjà pris.

Alors le Nouveau Nouveau Monde.

Où il allait sans esprit de conquête, sans Peacemaker.

La nuit était encore loin qu'il avait écrit sur le carnet : Algonquin, Temiscamingue, Outaouais, Micmac, Barachois, Troussequin, Mustélidé, Voltigeur, Memphrémagog, Abenaqui, Ballerine, Folle Avoine, Vent Séminole, Tasmanie, Groenland, Arentèle, Hulule, El Paso, La Huppe, Río Giono.

Comme la litanie de ces noms lui donnait le

tournis, tous plus beaux les uns que les autres, qui relevaient de l'imagination des hommes, de leur gloire et offraient à l'univers l'imagination et la gloire, il baptisa ici Marquises et là Gambier, que longtemps on avait pensés l'envers du monde. Sur sa lancée, des papyrus en buissons, qui se tenaient à côté d'albizzias roses et légers, lui inspirèrent Nilotique et à un moment, dans la mouvance de la Lydie et de l'Idumée, encore mal définies mais qui lui semblèrent mouillées, il lança Numidie, pour l'humidité qu'il imaginait. Pour la rosée. Travaillant sur le carnet et sur la carte, il remonta au point de départ et découvrit qu'il n'avait pas nommé l'inoubliable succession de collines où commençait, à l'est, le Pays : il la baptisa l'Ondulie. Les collines de l'Ondulie.

A tout ce qui avait forme, apparence surprenante ou belle, lui rappelait un souvenir, relevait de la mémoire historique, des institutions, semblait receler un secret, ou l'émouvait, l'exaltait, à tout il attribuait un nom et souvent les noms le pressaient d'une impatience qui était la sienne et qui était la leur. Alors, quelquefois, Oregon à Oregon : attends... attends... tout à l'heure... demain... chut... et c'est ainsi que le baptême fut retardé d'Amérindien et de Yoknapatawpha, sommets dans l'ordre de la vision, de la toponymie pour lesquels les deux Oregon, enfin accordés, attendaient une Nature plus grandiose encore, sublime et sublimée, digne infiniment d'accueillir et de retenir William Faulkner et Crazy Horse.

William Faulkner et Crazy Horse où ils accéderaient bientôt, il n'en doutait pas, par les deux pistes immortelles de l'Oregon et de Santa Fe.

Sur le carnet, écorné désormais et sur la carte, devenue folle, la ligne n'était plus seule et on aurait dit qu'une bête avait lancé ses pattes ici et là, devant et derrière, à droite et gauche, Oregon ne rechignant pas à revenir sur ses pas s'il en sentait l'envie, de sorte que les noms de sa toile d'araignée, désormais, maillaient un pays.

Le Pays.

Ils allaient, l'homme et la bête, dans une nature adamantine et, une fois, ils entrèrent dans un paysage nu, découpé en bandes géométriques et semblables, sans rien, sans reliefs où Oregon pensa qu'un arbre, là, un pic, un étang auraient relevé de l'incongru, de l'anecdote et attenté à la splendeur des horizons qui s'estompaient dans le bleu du ciel.

Une fois encore il lui sembla que le chemin montait, qu'ils suivaient à la boussole, souvent tirée de sa gousse. Il distinguait des boutis, des grattis, au sol, relevait les formes où le lièvre avait gîté, s'écartait des gueules des terriers, empruntait leurs passées et coulées, arrêtait la jument chaque fois qu'ils levaient une compagnie d'oiseaux et ne se lassait pas de les regarder se motter puis le regarder, lui, les corps palpitants bien aplatis derrière le monticule de terre où les volatiles clignaient des yeux, piétaient, se rasaient et, dès que la jument se relançait, prenaient leur vol en lançant leur rappel. Ils longeaient des remises, des gagnages où Oregon, sans le vouloir, mettait debout élans et cerfs qui, jetant leur tête, s'éloignaient, calmes, laissant derrière eux, sur l'herbe couchée, de grandes ablatures. Rien plus ne lui arrachait exclamations, monologues, réflexions à l'adresse d'Appaloosa, dialogues à une voix avec Oregon, l'autre (pour le distinguer de lui, il l'appelait l'Oregon du dedans), que les grandes bêtes enhardies quand il les découvrait, sous le soleil où elles se séchaient, en ressui. Une des sacoches de la selle abritait une dizaine de lambeaux, détachés des arbres où les cervidés, en se frottant, avaient laissé des morceaux de leur velours.

Quand il levait les yeux, il retrouvait, bandes blanches et soyeuses, comme posées sur le ciel bleu avec une telle délicatesse qu'ils semblaient pouvoir s'en détacher, les cirrus.

Des laies avec leurs têtes rousses, plusieurs fois et, plus souvent encore, des familles de blaireaux, reconnues aux raies noires du masque blanc sur les yeux et sur les oreilles sans qu'il eût à se référer au livre-guide, débouchèrent d'un champ plein des rafles du maïs, traversèrent devant l'équipage, au milieu des dragonniers et des caramboliers où les hérons, soudain deux, trois, décochaient la flèche interminable de leur cou.

Des troupes de perroquets gris survolaient la cime des arbres en poussant des cris sonores. Oregon les distinguait parfaitement des perruches ondulées, plus petites, en grandes bandes et adonnées à une chamaillerie qu'il devinait interminable. Peut-être son plus grand bonheur : les chouettes hulottes quand elles prennent leur bain, la face de lune posée à la verticale, qui leur sert de visage, comme un masque dont elles ne se déferaient jamais ! Oregon les contemplait et ne se décidait pas à repartir, pas du tout gênées, les hulottes, occupées d'elles seules, ne le regardant pas, peut-être même ne le voyant pas, comme s'il n'eût pas été là, dont il tirait orgueil, assuré qu'il commençait bien, dans l'Ancien, sa découverte du Nouveau Nouveau Monde et la conquête de l'Ouest.

Sans Winchester, sans Peacemaker.

A cause de la hulotte, il entreprit de revoir sa carte car il avait déjà placé Hulule. Le vingt-deuxième baptême. Hulule, qu'il enleva ici pour le mettre là, dans le canton des chouettes hulottes. Il se déciderait plus tard pour le blanc du vingt-deuxième baptême.

Le soir s'en venait. Oregon en prit une conscience étonnée. Il se rendait compte que, fût-elle arrivée dans un, deux, peut-être trois jours, rien ne l'aurait averti qu'ils avaient, Appaloosa et lui, sauté une, deux, trois nuits. Il tentait d'imaginer le contraire, avec cette fois la nuit qui aurait sauté un, deux, trois jours. La nuit ou le jour qui, une nuit ou un jour, oublierait l'une de tomber, l'autre de se lever. A jamais ? Non... Oregon n'aurait pas supporté, fût-ce au Nouveau Nouveau Monde, un monde amputé de sa clarté ou de son obscurité. Cherchant l'une et l'autre, à ce moment dans le soir où elles sont ensemble, voisines et d'apparence conciliante, il découvrit un ciel qui se creusait, s'organisait en gigognes, chacun de ses creux offrant un paysage de lignes et de couleurs, ensemble qui, sur sa marge extrême, se prolongeait d'un autre creux, lui aussi imagé et coloré et il semblait que le ciel se fût agrandi, reculé, enfanté, poussé jusqu'à des limites qui, sans doute, n'étaient pas les siennes, mais celles de l'œil... « Mon œil », pensa Oregon, sans malice —

et il se reprit : Celui de tout le monde... Justement, c'était bien un grand œil de lumière qui restait ouvert dans le bleu foncé de la nuit et le regardait. Il se fermerait bientôt, englouti. En dessous, sur son immensité convexe, des stries rouges lui sillonnaient la paupière, et, plus en dessous encore, comme chassé de la terre et comme si la terre le poussait, repoussait, montait le feu d'un incendie maîtrisé qui, ses flammes rappelées et regroupées, se hâtait de gagner, où il s'enfermerait pour la nuit, son foyer.

Oregon à Oregon : Que c'est beau ! Que c'est beau ! Et Oregon à Oregon, en écho.

Appaloosa sans doute longeait-elle une étendue d'eau car des crapauds-buffles s'écartaient à son approche, qu'Oregon écoutait mugir et qu'il regardait s'enfler, tirant par un coassement acharné sur les ténèbres comme sur une outre noire que tous déchireraient avec l'aube et Oregon se reconnaissait en eux en tirant, lui, sur le temps, en rêvant qu'il tirait avec succès sur le temps, augmentant sa durée qu'il portait au double et même au triple de la durée ordinaire. L'un de ses plus grands sujets d'excitation tenait à la révélation que lui avait faite un paléontologue, savoir que voilà environ 600 millions d'années, à l'aube du paléozoïque, l'année terrestre comptait plus de 400 jours. 400 jours l'année ! Oregon fantasmant à Oregon médusé : Tu te rends compte ! Chaque fois que le savoir lui revenait de ce temps fabuleux, chaque fois Oregon survolté, chaque fois Oregon stupéfait... Il ne manquait certes pas, les jours de déprime, de se dire que 400 jours ne faisaient guère qu'un supplément de 35. Toujours ça de pris.

Ça ? Du temps en plus. Du temps ajouté. A la fin, que les jours fussent moins ou plus nombreux n'avait pas d'importance. L'essentiel était dans la rupture du vieux rythme, dans le démantèlement et la dislocation des antiques rouages sur quoi tournait la machine du monde, dans les perturbations qui frappaient le temps là où il est le plus fort et, au vrai, à ce jour invaincu : dans l'écoulement. L'écoulement du temps. Le temps qui s'écoule, comme du pus. Le temps qui accélère sa course, multiplie les jours ou, au contraire, s'alentit et, contraint et forcé, diminue leur nombre, là est le défaut de la cuirasse. Cette révélation avait longtemps empêché Oregon de dormir et il y songeait sans cesse. Oui, mais comment attaquer au défaut de la cuirasse et revenir, ce faisant, au paléozoïque ?

Il lui paraissait que nulle part au monde — dans les pays qu'il avait visités et dans les pays qu'il connaissait par ouï-dire et ouï-livres — plus qu'ici dans le Pays il ne pouvait espérer découvrir la réponse, revenir à l'ordre premier (Oregon à Oregon : Premier, tu crois ? — et Oregon à Oregon : Sinon, pas loin...) dont l'ordre présent relevait d'un coup de force, peut-être d'un guet-apens, en tout cas d'une usurpation qui, pour dater de 600 millions d'années, n'en était pas moins — et Oregon une fois encore risquait en pleine lucidité le mot que, dans toutes les langues, il haïssait le plus : mortelle —, oui, une usurpation mortelle dont il ne manquerait pas de mourir si, lui comme les autres, il ne remontait pas jusqu'au paléozoïque...

Selon un fidèle de Geronimo, qui l'a rapporté, le

chef apache une nuit interpella la nuit, et, à travers elle, l'aube, leur parla et les convainquit, l'une de s'attarder, l'autre de ne pas se presser — le temps pour les siens et pour lui, qui progressaient en pays découvert, de gagner une cache dans la pierre indentée des monts Chiricahua.

Parler comme Geronimo...

Toujours, ce sentiment, chez lui, qu'ils montaient, mais de façon si insensible... Ils venaient d'accéder à un paysage caressé de lune et d'ombres où il crut reconnaître l'odeur des pins ponderosa et au moment où il allait le dire avec l'adjectif usé — mais peut-être inévitable ? — comme une fois déjà : Bal... à cause des baumes sans pareils du ponderosa, il quêta du côté de l'Oregon du dedans (réponse : Ça va pour cette fois encore mais c'est la dernière...) et, fort de son assentiment, lâcha : Balsamique — le parfum balsamique des pins ponderosa, qu'il respirait, respirait...

A présent bien levée et rayonnante, la lune dispensait une lumière blanche qui, Oregon découvrait le rapt en s'efforçant de distinguer dans la nuit, s'était saisie des arbres alentour, des buissons, des roches, tout ce qui avait corps et forme aussi loin qu'il pût voir et on eût dit que le monde n'était rien que le lait inépuisable d'un seau tombé de la Voie là-haut.

Il brossa longuement Appaloosa, la jument comme pénétrée par la douceur, la laiteur de l'endroit où il avait décidé de bivouaquer puis il chercha du feuillage, trouva des arbres de soie, sur leurs troncs préleva quelques tiges, les assembla, s'allongea et, après le passage de la quatrième étoile filante (toutes les quatre, pensa-t-il, de la constellation de Persée), longue queue étincelante qui soudain barra la voûte du ciel, s'endormit dans le duvet de feuilles plumeuses que lui faisait la soie de l'arbre. Il ne s'éveilla qu'une fois, pressentant une grande chose, dans le ciel encore et, regardant vers l'ouest, il découvrit à l'horizon, en bas à droite des étoiles du carré de Pégase, une comète qui se dirigeait vers le Verseau. Tantôt à l'œil nu et tour à tour à l'aide des jumelles et de la lunette, il sut qu'il allait rester avec elle, à la suivre, une partie de la nuit.

La troisième après qu'ils ont quitté la bétaillère et, dans le Pays, passé ce qu'il vient d'appeler, à la seconde et sans l'avoir cherché, la Frontière (exubérant bonheur de grand matin, adresses répétées et volubiles à Appaloosa et à l'Oregon du dedans : La Frontière, fabuleux, tu te rends compte !), le matin d'un troisième jour. Ils miaulent au-dessus de lui, à peine à un mètre de sa tête, mais il ne confond pas chats et buses variables, fût-ce dans la lumière tamisée de la lune. Leur nombre ? Quelque cent sujets, dont il a enregistré les ombres. Il entreprend de recharger le bât, caresse la couverture et le dos des deux livres-guides, un peu fatigués qu'Oregon les ait tant de fois ouverts, refermés, rouverts sur tant de plantes, d'oiseaux, d'animaux... caresse la surface du cahier-carnet et — l'envie, le besoin... — l'ouvre à la double page de la carte, la détaille, à la lueur de la torche, s'attendrit, s'excite, porte les doigts sur les lignes et sur les mots qui pourraient bien, accusant relief, les lui agripper, les lui retenir... Lire, enfin. Il lit à haute voix : « Quatre Couleurs... Saint-John Perse... Limicole... » et les autres, volupté et nectar au lever de l'homme et du jour, puis il a rangé le tout, avec regret, sanglé Appaloosa, bridé les sacoches, brossé, du plat de la main, la couverture de selle, bu à la gourde, sorti la boussole, cherché l'ouest où ils se dirigent en s'enfonçant dans un horizon de nuages descendus jusqu'à eux, à ras de terre, d'un coton si tactile et si vaporeux qu'il lui semble entrer dans une matière de lumière.

Il se disait qu'Appaloosa le menait vers Grand Souffle et Grande Haleine, deux espaces à placer dans ce monde et à porter sur la carte au moment où ils ne manqueraient pas de surgir, en lui ou autour de lui, évidents, impérieux, peut-être après ce brouillard rose et tremblé, là-bas, qui se tenait en suspens et Oregon s'approchant reconnut, intenses de couleur, étincelantes, les fleurs de l'arbre de Judée, séparées les unes des autres par un espace si mince qu'elles dissimulaient les branches, et leurs inflorescences si prodigues qu'elles semblaient, fleurs d'arbres, tenir en l'air sans les arbres. La main qui plonge, se trompe de fonte, fouille dans l'autre, s'empare du cahier. Quand il est ouvert, Oregon note : Mormon Trail. A cet instant la vision en lui de cette humanité en marche au rythme de ses chariots, et passée à l'Histoire.

La Mormon Trail, là aussi dans le Nouveau Nouveau Monde. La Piste Mormone, qui longe les arbres de Judée. Son vingt-sixième baptême. Pas le plus heureux. Pas celui qui le rend le plus heureux. Baptême forcé. Imposé par la flore et par l'Histoire qu'on retrouve, imposé par ses propos quand, s'adressant à l'Oregon du dedans (Oregon à Oregon : Ce pays, une terre de rédemption...), il a dit des choses sublimes sur la vertu attendue du Nouveau Nouveau Monde. Il n'aime pas les Mormons mais ce nom : la Mormon Trail, doit, ici, racheter l'aberration et les fautes de cette humanité, historiques.

La Mormon Trail : son vingt-sixième baptême.

La Mormon Trail, qu'il a portée sur la carte, en s'appliquant.

Ils allaient sous un ciel qui s'était creusé, étiré et semblait lové sur lui-même, son tissu vaporeux encore plus étalé et plus tremblant que lorsqu'ils s'étaient mis en route. Quand il se déchira, doucement, le ciel alors sembla se hausser, s'étendre jusqu'à des profondeurs qu'Oregon pressentait, bien qu'elles fussent invisibles, le ciel désormais occupant toute sa surface, tout son royaume, tout son ciel, où moutonnaient des cumulus et où traînaient des cirrus de grande altitude. Les mêmes depuis trois jours comme s'ils avaient, plus forts que la nuit, trois nuits durant attendu au-dessus d'elle jusqu'à sa dissipation, manifestant, par leur immobilité, une volonté de perdurer, qui survoltait Oregon. Il voyageait, en ce troisième jour, avec une allégresse comme jamais, dans le pressentiment de quelque chose de plus beau encore que tout ce qu'il avait découvert et ressenti depuis la Frontière et il ne douta plus, sans que rien le lui donnât à penser, qu'ils montaient.

Ils montaient.

Il notait des alfas, des bambous, des armoises, des caroubiers, dans ce pays climacique, à la fois maquis, garrigue, crau et savane, puis il contourna un peuplement de plaqueminiers, un autre de balisiers et un troisième d'araucarias : autour des troncs géants s'enroulaient des volubilis qui, leurs corolles en trompette et leurs couleurs relevant d'une palette sans doute inépuisable, essaimaient bas et portaient haut une odeur où Oregon reconnaissait, rustique et vespérale, une fumée de bois. Appaloosa souvent arrêtée, il tentait d'intérioriser la beauté, la variété, la nouveauté, la prodigalité exubérante de ce qu'il découvrait, reconnaissait pour l'avoir lu ou imaginé ou espéré ou attendu ou rêvé, à ce jour jamais vu dans le monde d'avant la Frontière et, s'il l'avait pu, il aurait fouillé, gratté en lui, joué, frénétique, de ses mains comme le blaireau de ses pattes, à la recherche des plaques les plus sensibles de son être, partout où elles se trouvent, dans le sang, le cerveau, le cœur pour leur imprimer, à jamais, en le désirant fort, en appuyant fort, les étendues de kermès, les micocouliers, les pamplemoussiers, les limoniers, les chênes verts et les chênes pubescents, les champs d'aloès avec leurs raquettes en l'air, les orchidées avec leurs fleurs en bulbes de minarets et la sauge et le genévrier, les eucalyptus et les agaves, les bougainvillées et les flamboyants, nature inépuisable tour à tour dans l'argile, le schiste, le calcaire, la silice, enfin le grès dont Oregon aimait la majesté austère et comme Appaloosa, par un écart, évitait une famille de toucans tocos, qui traversait sans même, semblait-il, les remarquer, il ne douta plus, à découvrir que la jument appuyait sur ses jambes devant, qu'ils montaient.

Il montaient.

Comme il examinait, le guide des plantes à la main,

un parterre qui se révéla d'anémones dans un champ de chardons bleutés, il crut que son cœur le quittait, par le bas, et manqua tomber : de la craie, là, entre les sabots de la jument. La fin du rêve. Caressant la chose et tentant de l'émietter, où il eût réussi avec de la craie, il se persuada qu'il avait trouvé un coprolithe, excrément par le temps durci et blanchi et, avec les jumelles, entreprit de chercher, exceptionnel au-delà de la Frontière, abondant ici, il n'en doutait pas, le gypaète barbu.

— Reconnaîtrais-tu, toi, le coprolithe du gypaète barbu de celui de l'autour des palombes, de l'aigle botté, du circaète jean-le-blanc et de l'aigle de Bonelli ? D'Oregon à Oregon.

Un peu après le coprolithe, Audubon s'en vint le visiter, entra en lui, comme souvent et il porta Audubon sur la carte, à cet endroit de grand ciel, de grandes terres et de hautes herbes.

Audubon, l'homme des oiseaux d'Amérique. Son vingt-septième baptême.

Ils montaient.

Il se parlait (Oregon à Oregon), déclenchant des échos qui roulèrent en bruits de gorges, multiples, l'écho appelant l'écho, et aussitôt se perçurent froissements de soie, frôlements d'herbes, chuchotements, chuchotis, éclats de bûchettes, tintinnabulances, comme des esprits qui, éveillés par la voix, seraient revenus à la joie bruissante qui était dans leur nature, loin des hautes notes où le monde coasse, caquette, jacasse, stridule, craque, trompette, siffle et glousse et de cette modestie dans les becs, les bouches, les fentes, les élytres, les mandibules, les ventouses, Oregon tirait une grande joie, se devinant accepté, peut-être même désiré, non pas l'intrusion d'un étranger mais le retour de l'absent, l'homme retrouvé qui longtemps s'était perdu — et Oregon à Oregon : le bonheur.

Ils montaient.

Dans l'air sec et transparent, il allait porté par l'illusion, qu'il finit par reconnaître, de courtes distances, le cri du nandou américain « nan-dou », « nan-dou » lui parvenant, grave, de bien moins loin que la pampa argentine et de justesse se retint-il d'éperonner Appaloosa pour l'engager à rejoindre le grand oiseau blanc qui, devant lui, courait dans son rêve.

« Nandou », « Nandou ».

Ils montaient.

Dans la sauge, les buissons de genièvre et de bouteloue, les quercitrons d'où jaillissaient fauvettes à lunettes, fauvettes pitchous et alouettes lulus, ils traversèrent le bleu et le jaune d'une garrigue, gagnèrent des terres hermes puis, ondulant sous le vent léger, des étendues de stipules plumeuses, inclinées en vagues et chatoyantes, les poils de leurs panicules étincelantes sous le soleil que survolaient des attelages de libellules.

Ils montaient et il semblait que le Pays multipliait ses sujets, ses richesses, ses séductions, Oregon n'en finissant plus, surexcité, affolé, d'écrire sur le cahier, qu'il ne rentrait plus pour ne pas avoir à sans cesse le sortir et à porter les mots visionnaires que lui inspiraient, dans les savanes à eucalyptus, le rouge-queue noir, la course et les bonds du casoar à casque, les lunettes du pélican à lunettes, le grand amour conjugal des inséparables de Fischer, la huppe de la grêle huppée et la huppe de la huppe fasciée, la robe de l'ibis falcinelle, chauffée par un soleil qui en tirait des effets métalliques, et, une fois, Appaloosa frôla, sans les éveiller, un grand dortoir de mésanges à longue queue et de roitelets huppés qui, serrés les uns contre les autres, dormaient.

Ils montaient.

Dans les yuccas de Harriman, dont les hampes portent de blancs grelots muets, le long d'une pente couverte d'armoises et de castillèges en fleurs, qui entouraient des sapins concolores, dans l'odeur des sauges, des genévriers verts, des résines de pins pignons et dans la fumée de leur bois, ils montaient, Oregon le cœur battant, l'esprit tendu, les réflexes aux aguets et, à un moment, peut-être avertissaient-ils quelqu'un ou quelque chose, l'aigle criard aboya et le bruant fou éclata d'une brève colère saccadée comme si, sur le point d'arriver, Oregon n'était plus l'homme que, depuis trois jours, le Pays recevait avec bienveillance.

Je me trompe, pensa Oregon, je me trompe.

Ils montaient et Appaloosa, qui jusque-là n'avait pas eu à changer d'allure, soudain, sabots en l'air, muscles tendus, lança son corps et ils y furent.

Un haut plateau. A chacun des points cardinaux, il courait jusqu'aux limites d'un ciel qui n'arrondissait sa voûte, aux horizons, que pour envelopper cette immensité d'herbe courte et vive, la protéger, comme il semblait, et Oregon sentait que jamais plus ailleurs qu'ici, et jamais peut-être ailleurs qu'ici, la terre et le ciel n'avaient été faits pour aller ensemble, dans une espèce de compagnonnage frémissant et de frémissement heureux comme si, les mêmes depuis quatre milliards cinq cents millions d'années où, un matin, le premier matin, ils s'étaient reconnus et placés l'un dessous, l'autre dessus, ils tiraient de l'ordre de l'univers une joie qui était leur éternité même et, comment dire (Oregon presque douloureux dans son effort pour trouver, difficiles, les justes expressions, à Oregon : Comment dire ?), le temps même de leur éternité, dont la matière eût été non pas le temps, mais ce bonheur, irradiant, qui montait à la tête d'Oregon par les états constitutifs de l'espace, le ciel, les trains de nuages, la rumeur du vent, le devisement continu et murmurant des choses, l'herbe et, dans l'herbe, les grandes étendues violettes de la lavande, taches et découpes qui, dans le vert général, ajoutaient du sublime au sublime...

D'un métier de professeur, jadis, il avait gardé le goût de noter. Rien de pédant ou de facile mais, pour se protéger des assauts du monde, et le discipliner, le besoin d'introduire un ordre qui, ici, était une hiérarchie : le Pays, depuis la Frontière, méritait 19,5 sur 20 et le haut plateau, lui, 20 ; 20 sur 20, dont Oregon fût mort à la seconde pour être allé trop loin, le plus loin où un être fût jamais allé, le plus loin où un être peut aller, le plus loin ou un être irait jamais, et n'irait jamais plus, Oregon le premier depuis la nuit (ou le matin) des temps à réaliser l'exploit mais la mort, et sa réalité, était la dernière chose à quoi le haut plateau donnât à penser et Oregon, dans un éblouissement et une fulgurance, comprit qu'il passerait ici toute sa vie.

Et peut-être plus.

A l'est, à l'ouest, au nord, jaillissaient une barrière de pitons aux escarpements aigus, aux tranchants nets et, au-delà, de hautes montagnes avec les sentinelles de leurs pics, double écrin et écran de pierre féroce qui, pour la protéger, enfermait la merveille et, jusqu'ici, l'avait dissimulée. Si bien enfermée et dissimulée, la splendeur, qu'Oregon, entré dans le Pays par un sud de petites montagnes, n'en avait pas mesuré l'ampleur, pas plus qu'il n'en avait deviné, avec le haut plateau, le cœur. Où il se tenait, sans qu'ils se fussent, l'Appaloosa et lui, déplacés d'un pas depuis leur arrivée, il lui paraissait que son émotion était passée à la terre, qui palpitait. D'une ouverture dans la roche d'un piton, à l'est, l'eau coulait en abrupt, puissante, abondante et Oregon sut que, sans l'entendre, il ne cesserait jamais de voir la chute. Par les bords du plateau, qui s'inclinaient, il regardait, du vide du monde au-dessous, monter des forêts dont il serait, quand il s'approcherait — comme on dit à hauteur d'homme — à hauteur de cimes.

Oregon plus grand encore qu'un grand arbre.

Il tentait de voir, de distinguer le plus loin possible et s'imaginait embrasser le monde jusqu'en Colchide.

A un moment, voix si basse qu'il n'est pas certain que l'Oregon du dedans l'ait entendue, ni certain, tous comptes faits, qu'il ait parlé, Oregon semble avoir dit : « Ici je bâtirai ma maison. »

Oui, mais de quel droit ? A qui, le Pays ?

Le cahier l'attestait : au soir de ce dernier jour, il avait baptisé à profusion. Quelque 40 noms, qui portaient loin le Pays mais, après réflexion, Oregon n'en garda que 20 : les plus forts, les plus beaux, certains valant par une longue existence ailleurs, qui fondait leur légitimité. Ailleurs d'où ils s'étaient échappés grâce à Oregon qui, passant en esprit par chez eux, les avait, cœur sensible, entendus et écoutés, la plupart victimes récentes d'une Histoire malheureuse dont par l'émigration et même l'exil ils avaient voulu se soustraire — et ces 20 noms : Ragondin, Portulan, Marmara, Chef Cherokee, Flin Flon, Buffleterie, Tchétchénie, Mingrélie, Ylang-Ylang, Samarcande, Kalmoukie, Pachamama, Chiapas, Zapata, Confederate, Terre Adélie, Vanillier, Dardanelles, Felouque et Glossolalie qui, entre autres, assemblaient des plaines, des pénéplaines, des contreforts, une pathologie, des lacs, des rivières, des animaux, des parfums... et par la géographie, où ils accédaient, ou par la nouvelle géographie, qui les recueillait, en les déplaçant et en les replaçant, trouvaient un havre dans un monde enfin rayonnant, enfin juste, enfin éternel.

27 déjà acquis plus 20, soit 47 noms lancés dans le Pays, qui commençait à fourmiller de mots.

Oui, mais à qui le Pays ?

Oregon pressent que sa nuit — la quatrième — ne sera pas de tout repos. Trop préoccupé, trop nerveux pour chercher, dans l'espace, les amas de galaxies. A qui le Pays ? La grande question. Il ne doute pas que réponse lui sera donnée et, à défaut, qu'il se la donnera. Pour le moment, ce qui lui fait souci : comment sortir du Pays ? Il doit, pour son enquête, interroger. Oregon n'est pas assuré de tomber, du premier coup, sur la bonne administration, le bon bureau, la bonne personne là-bas dans les mairies des cantons et des comtés. Il n'a pas encore préparé son départ qu'il s'imagine sur le chemin du retour. Oui, mais à l'aller comme au sens inverse, quel chemin ?

Bien avant l'aube, sa décision est prise. Pas question de retrouver, sur la route de Gésir, le triple enfer du vent, de la boue, de la pierre. Par la moyenne et la haute montagne qui ceinturent le haut plateau, il regagnera le monde qu'il a quitté, lui semble-t-il, depuis bien plus que quatre jours et qui, à distance, lui paraît si étrange, si étranger. Un autre monde. L'autre monde. L'Ancien Monde. Le Nouveau Monde, déjà ancien. Pour un peu, il le craindrait. Il ne connaît rien du temps qu'il passera à cheval, des difficultés qui marquent les marches, aux limites septentrionales du Pays — mais il prend la route des hauteurs.

Pour y parvenir, d'abord descendre et traverser cette mer de sauge, là-bas, pailletée du jaune des chrysothammes. Lui succède un tapis bleu et violet d'anémones, puis des buissons de thé aux reflets jaunes aussi, qui ondulent. Si joli. Longeant un lac, il regarde, un moment, des hérons pêcher, devant le regard de trois rousserolles, chacune assise sur un roseau. Il s'émeut. Découvre que l'émotion lui a ravi du temps et que, sans doute, il n'en a pas. Force un peu l'allure. Prend à plusieurs reprises la longue-vue, cherche le plus loin possible, au-delà des vastes champs verts entourés de montagnes bleues, où la lumière qui tombe semble avoir quelque chose de mouillé, comme si elle était de l'éther ou qu'elle l'eût traversé. Oregon, là, vient d'isoler des crêtes et des ensembles tous blancs d'une neige à coup sûr éternelle, immobile de même, comme peignée et, soudain exubérant, baptise les deux pics les plus reculés l'un Zibeline et l'autre Zinzolin, où il ne doute pas qu'il accédera par deux cols, à chaque pic son col, Loutre I pour le deuxième et Loutre II pour le premier, hommage à la loutre (pour Oregon, le plus bel animal au monde — reste que pour lui encore vingt autres animaux sont chacun le plus bel animal au monde, et qu'il l'a dit ou le dira), hommage à la loutre et à la fantaisie, quatre noms qu'il porte sur le cahier sorti tant bien que mal — sans qu'il s'en rende compte, il pousse Appaloosa et, comme elle obéit, Oregon saute et saute — quatre noms qu'il situe dans le pays de l'Hindou-Kouch sous ses yeux, avec, à l'horizon, Kandahar, Jalalabad, Peshawar, qu'il arrache à la malédiction afghane, à jamais conjurée, ici et sans doute là-bas, il en est sûr, en tout cas à la seconde où ils auront franchi, l'appaloosa et lui, plus haut où s'étranglent des défilés et où les barres de glace étincellent au soleil, la passe de Khyber.

Quatre, cinq, six, sept, huit, neuf noms nouveaux. Dont un double. Belle moisson et l'Afghanistan qui respire.

Ils allaient à présent de monts en combes dans un pays d'anticlinaux (Oregon à Oregon : Le pays des anticlinaux — sur le ton de l'extase dont les deux Oregon ne doutaient qu'il avait été celui de Jacques Cartier quand, premier Blanc en Canada, il se pensait sur le point d'accéder, une fois au pays des unipèdes, une autre fois à celui des Amazones...) d'adrets en ombrées et il ne cessait de compter, levant les yeux, des terrasses taillées dans la pierre, et des crêtes. Ils longeaient des atterrissements, à l'amorce de rivières dont ils suivaient un moment le cours avant de se décider à les franchir, et une fois l'eau monta jusqu'à la selle dont ils tirèrent, la bête qui hennissait et l'homme qui criait, un nouveau grand bonheur, avec celui que déversaient sur eux — les nuages dans leur course les découvrant de sorte qu'ils semblaient jaillir de leur masse — les caldeiras. Il leur arrivait d'aboutir à des amoncellements de pierres d'apparence infranchissables, qu'ils contournaient, par trois fois des chaos de blocs qu'il prit le temps d'admirer dans leur énormité et fourmillement de pointes, de rostres, de saillies, de tranchants et il se demandait si la Création n'avait pas commencé là, si les blocs n'en étaient pas le reliquat, le gésir de la Genèse, en quelque sorte, ou si elle avait été interrompue à cet endroit et si elle n'allait pas, forte de son imposante matière, recommencer.

A cette vision tumultueuse de la Création qui se remet au travail, éponge son passif, fait en mieux, le cœur d'Oregon qui bat...

Il arrivait que, dans le silence de leur ascension, Appaloosa si habile qu'elle ne heurtait jamais rien, une pierre pourtant roulât pour une raison à elle, et Oregon alors d'une pression arrêtait la jument, se figeait, se tendait, écoutait, traversé par la pensée que la pierre pourrait ne jamais cesser de tomber mais quand il ne l'entendait plus il n'osait imaginer qu'elle continuât sa course, comme il aurait tant voulu, une pierre qui tomberait, une fois, éternellement, à jamais, dans le monde sans fond, sans fin et il suffisait de si peu de chose, d'un si petit événement : cette pierre dérangée par leur passage, qui tombe et tombe et tombe, demain encore, dans un siècle encore, toujours, la même — et le monde bouleversé par cette chute, son vieux temps d'horloge rompu, le monde alors qui change...

Dans le Pays, peut-être ?

Des nappes de brume précédaient les flancs des montagnes, les dissimulant par interposition et enveloppement et, comme elles se dissipaient au fur et à mesure qu'ils avançaient, refusant le contact, il lui semblait qu'ils étaient, l'appaloosa et lui, l'un à la verticale de l'autre, la proue d'un bateau fendant l'espace.

Ils longeaient des serres dominatrices, allongées comme de grands chats dans un espace vibrant de lumière où les amoncellements étagés du granite semblaient rythmer l'espace. A chaque saut-de-loup, Appaloosa passait, d'un bond tranquille, de l'autre côté malgré, souvent, le tapis glissant des aiguilles de pin, et Appaloosa d'une foulée tranquille encore à la traversée de barres de reliefs, après des crêtes de défilements et le long de projections tabulaires installées comme de grosses tortues... En doublant des cirques, Oregon découvrait des pierres qui semblaient, tant elles projetaient de flèches à leur sommet, leur propre carquois, repérait des amphithéâtres et de grandes murailles indentées, désignait à l'Oregon du dedans, en s'exclamant et en les nommant, des roches sporadiques, des vallées en berceaux, beaucoup de cluses, où ils s'engageaient, puis, traversant des chênaies, il repérait des cônes sillonnés de barrancas là-bas au bout de la terre où ils allaient et il lui paraissait que le Pays résolvait les antinomies qui affectent le monde et que la géographie désigne, Oregon tellement chez lui dans ce pays coupé ! Il s'émerveillait qu'il relevât de la garrigue, du maquis, de la crau, de la steppe, de la prairie, de la taïga, du veld, bientôt et plus haut, il n'en doutait pas, de la jungle et qu'il mêlât herbes et arbres, et le chêne et le pin et Oregon louait la multiplication des défilements qui, quand ils les avaient franchis ou contournés, lui révélaient une doline, des clairières où jouait le soleil, le carmin lumineux des massifs de cordyline et ils accédèrent à des grès, à des schistes tout en cicatrices, leur luisance ne pouvant que s'accorder, pensait-il, à ses yeux à lui par le Pays illuminés, à des calcaires, puis il suivit des plaines d'épandage, reconnut une espèce d'erg, descendit des gorges, se hissa sur des plateaux mi-herbe, mi-roche, chevaucha le long d'une grande déchirure volcanique, les reliefs se succédant et, saisi, soudain arrêta l'appaloosa : des tables de pierre, en se superposant, se projetaient et montaient si haut et si loin qu'on eût dit, de la proue à la poupe, des navires sur leurs bers.

Là-bas, dans un abîme éclatant d'une lumière grandiose et glorieuse, le ciel dessinait des plages, des rivages, des estrans bleus.

Ils se hissaient par des sentiers de brumes et Oregon, sans détacher les yeux des mouflons qui bondissaient de vire en vire, Où vas-tu ? puis à l'Oregon du dedans : Vers la sierra Madre, pour entrer dans le Chihuahua et croiser, invisibles, des Tarahumaras, puis les Lacandons...

C'est un peu après ce monologue qu'il reconnut des fougères arborescentes, des ficus géants, des banians aux troncs qui semblaient hésiter entre le minéral et le végétal et dont l'écorce rappelait la peau de quelque pachyderme.

Ils parcouraient un monde de grimpants, comme si la hauteur appelait à plus haut encore, le long d'une chaîne de volcans éteints qui portait une masse vert sombre, inextricable forêt de cèdres et de conifères, aux troncs larges de trois mètres enlacés de fougères, de mousses, d'orchidées. Oregon n'avait encore jamais vu et sans hésiter reconnaissait, pour les avoir lues, imaginées, adoptées, colonisées et passées à l'Oregon du dedans à des fins de commentaires éblouis, les nébuleuses, ces forêts constituées de garoès, arbres capteurs de l'eau des brouillards, qu'ils répandaient ici en gouttelettes... Merveille. L'eau dévalait des sommets et la vision, dans une déchirure géante de la brume, de forêts comme ramassées sur elles-mêmes, tant les arbres se pressaient les uns contre les autres, le projeta dans le XVIe siècle, où il aimait si fort aller et venir, n'importe où pourvu que ce fût loin dans le monde inconnu et il se vit Pedro Mascarenhas, marin portugais le jour de son atterrissage dans cette île que les observateurs arabes ne connaissaient que de loin, peur d'aborder, eux : la Réunion, où il s'attarda un moment, dans les balisiers, les arums, les gingembres blancs et dans de grandes formes digitées et aciculaires. Puis Oregon dériva plus loin, accédant, par les arbres fossiles et les fouillis de lianes et de bulbes tout autour de lui, à une préhistoire où l'appaloosa s'enfonça, Oregon écartant et renvoyant à leur luxuriance les feuilles géantes des gunneras, les plumes d'autruche de l'osmonde royale, surgie ici de la nuit des temps, les tiges interminables, qui le réjouissaient, du gloriosa, s'émerveillant à traverser les fougères et les cycas, dans un parfum si léger de mousse humide qu'Oregon se demanda s'il pouvait, à propos de cette fragrance en l'air, la dire aérienne sans risquer le pléonasme et Oregon (celui du dedans), comme deux fois déjà : Vas-y.

Ils étaient entrés dans un paysage tourmenté de régalite, se rapprochant de plus en plus, et les voyant de mieux en mieux, des deux pics, en quelque sorte des pics supérieurs, plus hauts encore que Zibeline et Zinzolin et avec l'autre Oregon qui approuvait sans réticence, il les déclara en majesté, sans doute depuis leur surrection et en majesté à jamais, si purs dans leur élancement, si éclatants sous le soleil et dans la neige que par analogie avec les deux styles qu'il estimait les plus rigoureux de la langue française, il les appela Paulhan l'un et Caillois l'autre.

Là-bas et là-haut, effilés à presque trouer le ciel, où ils montaient comme portés chacun par une longue phrase lumineuse, une grande langue de neige, le pic — ou l'aiguille — Paulhan et le pic — où l'aiguille — Caillois.

Dans le Pays, là. Au Nouveau Nouveau Monde. A jamais. Dans la pierre qui assure leur éternité et par la reconnaissance d'Oregon, ce double baptême.

A peine avait-il rentré le cahier où il venait de porter leur nom et de tracer une ligne, qu'il lui sembla découvrir, dans le ciel au-dessus de Paulhan et Caillois, où ses yeux des pics au ciel ne cessaient d'aller, une ombre, et s'inquiéta du chemin fait et du chemin à faire. Comme si le souci gagnait la jument aussi, elle allongea le pas et Oregon se surprit à lui dire « plus vite », une première fois, puis une deuxième et d'autres encore, ne se rendant pas compte qu'il avait glissé dans des images de *Butch Cassidy and the Sundance Kid* : quand les policiers de la police montée en Colombie fustigent leurs chevaux lancés à la poursuite de Butch et du Kid et qu'ils cinglent le flanc des bêtes à coups de rênes, « plus vite... plus vite », les Colombiens sans doute les éperonnant, tourbillon d'images belles et cruelles dont Oregon vient de sortir avec le remords d'avoir, lui, presque éperonné Appaloosa, « pardon Appaloosa » et, toujours la pressant « plus vite... plus vite », la jument passant selon l'état du terrain du trot au galop, Oregon « plus vite... plus vite... », ses yeux qui regardent à présent droit devant lui, son esprit occupé : A qui le Pays ? mais qui à toute vitesse baptise : Plissée, Langue de Glace, Petit Arc, Lit du Vent, Pétré, Passe de la Jument — « plus vite, plus vite » —, Allatoona Pass, Terre Vierge, Dakota de l'Est, Dakota de l'Ouest, Algonquin — « plus vite, plus vite » —, Bois Vif, Patagon, Sierra, Erratique — « plus vite, plus vite... ».

Elle volait. Quand ils atteignirent les premiers tènements, il calcula huit heures de voyage. La jument et lui depuis huit heures. C'était un bourg et jour de marché. Des hommes, des femmes, des enfants, les premiers après quatre jours. Sur l'asphalte les sabots d'Appaloosa sonnaient si clair que la foule autour des étals les plus proches leva la tête et tous regardèrent, ébahis, le cavalier et sa monture, l'un couvert de poussière et le visage invisible sous le feutre, l'autre écumant, qui passaient avec le bât lourd, volumineux, anachronique et c'était comme si l'apparition était un vieux souvenir oublié qui surgissait à l'improviste dans leur mémoire ou l'image d'un livre défraîchi, qui aurait sauté d'une page par hasard ouverte.

Oregon mit pied à terre devant le premier hôtel qu'il aperçut, entra, s'enquit d'une chambre, se soucia d'une remise à proximité, le tout sans quitter des yeux Appaloosa à la porte et, à la remise, bouchonna longuement la jument puis, sans jamais cesser de lui parler et de répondre à ses muettes questions, la couvrit, la nourrit, l'abreuva, l'embrassa, la quitta.

Revenu à l'hôtel, il entra alors dans sa chambre, sortit le carnet-cahier, redessina les lettres des noms que, dans les galops d'Appaloosa, il avait mal écrits, aux limites de la lisibilité mais il possédait une bonne mémoire en état permanent d'attentive ferveur et de surchauffe, précisa les nouvelles lignes et pistes qu'il avait ouvertes et compta. A partir de Zibeline et jusqu'à Erratique compris : 29 noms — 29 qui, ajoutés aux 47 des baptêmes précédents, portaient à un provisoire total de 76.

Pas mal.

Fabuleux.

Il se décida alors pour un bain, se rasa, revêtit la chemise et le costume que, dans la remise, il avait extraits du bât, descendit, s'enquit du nom et du bourg et de l'établissement, double ignorance qui étonna la dame aubergiste — « Vous ne savez pas où vous êtes ? » — puis se dirigea vers la mairie.

Le maire reçut sans cérémonie ce visiteur qui se présentait sans rendez-vous.

Oregon lui révéla son seul nom, sans donner un seul autre renseignement d'état civil, raconta en quelques mots son voyage à partir de Gésir puis demanda au premier magistrat de Sivergues si le pays qu'il venait de parcourir (« je l'appelle le Pays ») dépendait de sa commune. Non. Peut-être de l'arrondissement ? Non plus. Alors, du département ? Non encore. Oregon sortit une carte du pays, ensuite la carte, sur son cahier-carnet, du Pays et entreprit de montrer au maire que la première, l'officielle, l'imprimée, la Michelin, celle de tout le monde en quelque sorte, omettait l'espace qu'il n'avait pas manqué de porter, lui, sur sa carte à lui, l'inédite, la seconde, parce que cet espace non seulement il l'avait vu mais encore il en sortait ! L'autre peinait à suivre. A l'imitation d'Oregon qui, sur le papier, faisait courir ses doigts, qu'il avait fins, l'autre déplaçait les siens, qu'il avait gros. Appliqué, songeur et même soucieux, il passait sans cesse de l'inédit à l'imprimé, de l'imprimé à l'inédit, comme s'il devait par l'un trouver le mystère de l'autre et il égrenait : « Salagon, Murs, Bosco, Joucas, Cuir, Cucuron, Bouillon... », noyant dans une avalanche de noms de bourgs, de villages, de hameaux, de lieux-dits l'improbable contrée que, plein de bonne volonté, il tentait de placer sur une carte bien complète de ses montagnes, de ses fleurs, de ses plaines, de ses forêts. Oregon s'obstinait : « Là, monsieur le Maire... » et l'autre : « Mais non, il n'y a rien, je vous l'ai dit, c'est un morceau de Bosco, de Bouillon, de... » et Oregon : « ... Là, monsieur le Maire, toute cette étendue après Gésir quand on monte du Sud... » et pour convaincre, pour donner à voir, Oregon pesait, de ses doigts, sur la carte officielle puis les écartait, déplaçant, bousculant Bosco, Bouillon, Joucas et les autres : « ... Là, monsieur le Maire... » comme on repousse les deux bords d'une plaie. A la fin, le maire perdit patience, se leva, accompagna l'étrange étranger jusqu'à la porte de son bureau, qu'il referma d'un grand coup.

N'eût été Appaloosa, fatiguée, Oregon serait reparti aussitôt.

Il quitta le Bonnie and Clyde de bonne heure (il avait réglé sa note la veille en revenant de chez le maire) et, par un chemin de garrigue à peu près parallèle à une route qui menait à Céreste, parvint à ce gros village, le premier vers le sud après Sivergues. Il avait décidé d'une chevauchée qui le mènerait, en longeant le Pays et en l'encerclant par ses marches, jusqu'à Gésir, s'il le fallait — mais il espérait bien régler la question du Pays avant.

A qui le Pays ?

Le maire de Céreste le fit recevoir, après une longue attente, par un de ses adjoints. Oregon ressortit les cartes, se lança dans la même démonstration que la veille, avec les mêmes arguments, la même étude comparée et se heurta à la même incompréhension. Celui-là non plus ne voyait pas. « ... Ici », disait Oregon et l'autre : « ... Là, il n'y a rien », « ... Là », disait Oregon... « Ce n'est pas ici qu'il faut demander... », lui répondait-il. Sans doute mettait-il dans sa conduite un peu trop de passion car il renversa, en se levant, une chaise. L'adjoint montrant de la peur, il lui présenta ses excuses et prit congé en lui disant que, suivant ses conseils, il se rendait à Claparèdes.

Aucun édile ne se trouvait à la mairie et aucun ne passerait aujourd'hui. L'interlocuteur du visiteur était le garde champêtre lui-même, qui, massif, le reçut, obstruant l'entrée, sur les marches de la maison communale. Il tenta sa chance mais, cette fois, sans sortir les cartes et les commenter, conduite dont il pressentait, face au bougre, l'inutilité. L'autre ne répondait rien mais tour à tour hochait et secouait la tête. Comme il s'éloignait, il se retourna — pur réflexe qui lui permit de surprendre le garde en train de serrer, d'un doigt porté à sa tempe droite, une vis imaginaire.

Deuxième nuit à passer dans le Pays. Oregon, payant bien, trouvait toujours une remise pour Appaloosa mais avec difficulté des chemins à parcourir à l'écart des routes dans une nature de chaparral. Il coucha à l'hôtel du Grill de Malefougasse et le lendemain se rendit à sa quatrième mairie.

Le maire, comme la première fois. Souriant et curieux. Dans son bureau même. A quelques questions, quelques réponses, Oregon pressentit que l'on avait annoncé sa visite. Le maire manifestait peu d'intérêt pour la quête de son visiteur et parlait à côté du sujet. Ce qui l'intéressait n'était pas la folie, mais le fou. Où étiez-vous, avant ? Que faisiez-vous ?

Quel métier ? Où allez-vous ? Il esquiva à son tour et s'en alla.

Son pressentiment était fondé. A Fontenelle, où on le reçut entre deux portes, à Cadenet où il fut éconduit (« Pas le temps... ») dès qu'il eût dit son nom, Oregon se convainquit sans peine qu'il arrivait précédé d'une réputation. Sur Appaloosa il était dans les pages des *Lettres de mon moulin* quand Alphonse Daudet raconte les moutons de la transhumance que les gens imaginent partout, devinent partout, voient partout, attendent chez eux et dont des messagers leur annoncent l'approche... Oregon, là, sur les routes et aussi dans un livre ! Merveille dont il riait de bonheur.

Il approchait de Gésir. Au troisième jour et à la neuvième mairie, il coucha dans un gîte rural où un homme, qui regardait Appaloosa d'un air admiratif et connaisseur, lui proposa de ferrer. Les sabots de la jument en avaient besoin. Maréchal-ferrant ? Non, plus aujourd'hui — mais l'homme jouissait d'une bonne mémoire et avait, assurait-il en outre, gardé la main. Sa forge désaffectée, à côté, pouvait servir. Oregon ne le quittant pas des yeux, il remit à neuf les sabots d'Appaloosa.

Le maire de Gésir refusa l'entrée au visiteur, qui regretta de n'avoir pas donné une autre identité. Oui, mais il eût fallu aussi qu'il se déguisât et comment, de surcroît, passer inaperçu avec la jument ? Oregon s'installa à la porte de la mairie, décidé à rester là toute la nuit. Coincé dans son bureau, l'élu résista jusqu'au crépuscule et se rendit.

Oregon, son feutre à la main, qu'il brossait tous les matins, pénétra dans le réduit sur les talons de son hôte. La dernière chance. Il montra, expliqua, démontra, découvrit, les deux cartes à l'appui. Celle à qui il manquait quelque chose du monde et celle qui rétablissait le monde. Le maire écoutait, sans mot dire, distant, imperméable. Alors il abolit tout orgueil. « C'est à vous, lui dit-il, à vous qui ne le saviez pas. Je vous rends ce pays qui vous appartient. Je ne vous demande rien en échange, pas un sou, pas un titre de propriété, seulement le droit de vivre là-bas, avec votre accord, avec l'assurance qu'on ne me chassera jamais. » Chassé — et comme il venait de dire, à ce moment le Pays se leva en lui, éclatant, exubérant, inépuisable dans les couleurs et la lumière... Il lui fallut se reprendre, ce qu'il fit, silencieux puis il chercha, une fois encore sans le trouver, le regard de l'autre. Le maire attendait, patient, que le fâcheux s'en allât, qu'il n'avait pas su éviter. Oregon suppliait : « Faites entrer ce pays dans les cartes. Effacez le blanc. » Il demanda une fois encore et comme l'autre attendait toujours, ailleurs et buté, il renonça, dans l'excitation soudaine d'une idée qui traversait son esprit pour la première fois : ce pays était à lui puisque personne n'en voulait. Puisque personne ne le reconnaissait ni ne le revendiquait. Le pays existait pour lui seul.

Il se leva et sortit.

Le lendemain, il revenait à la mairie au moment même où elle ouvrait, qu'il avait guetté, et entrait dans le local dévolu au cadastre.

Sa consultation provoqua en lui un surcroît de spéculations et de pensées folles. Le Pays, comme il en avait acquis la certitude depuis la veille, n'était pas cadastré. Ni la matrice, ni le plan parcellaire, ni le tableau indicatif, ni l'état des sections ne lui révélèrent rien, ni pour le présent, ni pour le passé. Aucun tènement. Aucune indication de la division de l'espace en parcelles, et aucune appropriation, par conséquence, de ces parcelles. Le Pays semblait n'exister que par les fleuves, les rivières, les plantes, les animaux, la terre et le ciel. Alors, à qui ? La juxtaposition des verts sombres et des verts clairs, sur la matrice, dont il faisait rouler le mécanisme qui commandait au tapis, attestait bien d'un pays, mais sans le nommer. Peut-être avait-il un passé ? Passé perdu et, dans ce cas, tu devrais dire : peut-être ce pays avait-il eu un passé (Oregon à Oregon) ? Il décida de se rendre à Carabagne, le chef-lieu, pour consulter les archives et, Appaloosa confiée au propriétaire d'une remise à Babois, emprunta le train. Aux Archives, il trouva bien un livre terrier attaché à la région, mais rien qui portât sur le pays (le Pays), ce qui donnait à penser que même sous le régime seigneurial les hommes étaient, au sens propre, passés à côté ! *Passer à côté !* Oregon se contenait de moins en moins. Des milliers d'années durant, les hommes étaient passés, sans le voir, sans l'entendre, sans le deviner, sans le humer, en le frôlant, à côté du Pays...

Alors il chercha vers les droits d'aubaine. Pas de droits d'aubaine non plus, à croire qu'aucun étranger n'était jamais entré et dans le pays n'était jamais mort de même. Semblait-il, sous sa forme d'avant l'arrivée d'Oregon, c'est-à-dire quand il était, simplement, le pays, le Pays n'avait pas appartenu, au contraire de tous les autres, à un seigneur. Vierge de tutelle. Vierge de droits et de devoirs. De souffrances et d'humiliations. Une ou deux fois au cours de son voyage premier et initiatique (Oregon à Oregon : Initiatique, vraiment ? Penses-tu que je peux dire ainsi sans vendre, au moins un peu, la mèche ? — et l'Oregon du dedans : Vas-y !), Oregon avait cru distinguer, dont il ne doutait pas qu'il serait mort à l'instant, foudroyé par la déconvenue, des peuplements de recrû, preuves que l'homme avait porté contre la nature sa main défricheuse et prédatrice. Mais non, de cultures ces végétaux n'avaient que l'apparence. Il poussa plus loin ses investigations, tenta de trouver (avec l'assurance, désormais, de ne les pas trouver) des tracés, qui auraient attesté, en perdurant, de travaux agricoles, de concessions, peut-être d'un moulin, d'un four, d'un pressoir et donc, sinon d'une communauté, au moins d'une famille. Pas plus de ban que d'aubaine. Le pays avait bien échappé au cadastre. A la propriété. Aux propriétaires. Aux hommes. Il chercha encore du côté du compoix, qui n'existait pas, aussi du côté des attestations de finage, vainement. Aux archives, ce matin-là, il prit une conscience progressive, d'heure en heure plus exaltante, de l'ampleur et de la qualité de sa découverte — découverte en quelque sorte en creux et par absence : le Pays existait de ne pas exister. Il s'était entièrement dérobé au maillage. Depuis son départ du Pays et jusqu'à une heure plus tôt, Oregon avait tout tenté, avec l'ambition de découvrir que le Pays s'inscrivait bien sur cartes et cadastres. A présent, il était heureux du contraire : il ne s'inscrivait en rien, sauf en lui et, sans doute, pour lui. Bonheur qui l'enfiévrait.

A qui le Pays ?

A moi.

Comme il se préparait à quitter le bâtiment des archives, à la nuit tombée, l'archiviste en chef se présenta à lui. Un des gardiens lui avait révélé la fébrilité de ce visiteur jamais encore vu et la curiosité du responsable s'était éveillée. Oregon, libéré d'un poids dont il savait depuis peu la nature et la durée, lui raconta ses recherches inabouties, évitant d'insister sur la splendeur du Pays car, à présent qu'il n'existait pas, Oregon ne se méfierait jamais assez de ces confidences et papotages qui, suscitant la passion, lancent des visiteurs dans des spéculations, des idées et sur les chemins.

Le conservateur se montra quand même impressionné. Selon lui, un vieillard, grand savant à la retraite, le spécialiste national, et même mondial, de cette histoire locale, pourrait peut-être le renseigner.

Oregon se décida à une visite. Si quelque doute le traversait encore, mieux valait l'anéantir. L'homme le reçut chez lui, assis, presque couché dans un fauteuil, une couverture épaisse lui montant jusqu'au menton. S'approchant, il lui découvrit un visage pruineux, accordé à la poussière qui flottait et dont le visiteur ne doutait pas qu'elle fût la composante principale de ce lieu, sans doute issue des livres et retenue par les livres, peut-être des milliers de livres partout sur les murs, sur les tables, au pied des tables et des chaises, en vrac, sous le lit, tous vieux, tous fatigués, tous écornés, tous écaillés au dos, avec des lambeaux de couvertures et de pages et quand, sur un signe de son hôte, il entreprit de déplacer la pile de la chaise où il lui offrait de s'asseoir, la poussière se leva, s'écarta des livres, soudain tourbillonna, agressive, dans le rayon de soleil qui l'animait puis elle revint à sa place, à l'endroit où Oregon s'était assis et se déposa sur lui qui, les yeux baissés, la regardait monter et l'envelopper, vieille et inexorable comme le temps.

A ce moment, il se sentit souffrir de la nostalgie du Pays, qui le poignait.

Il se leva. Le vieillard attendait. Il n'avait pas encore prononcé un mot et Oregon éprouva le sentiment, inattendu et justifié par rien, que, lorsqu'il le quitterait, il laisserait un ami.

Alors il lui parla. Comme à personne avant lui. Comme à aucun des maires, même. Il lui raconta le Pays, provoquant des hochements de tête, des sourires, des irruptions de lumière dans les yeux comme toujours quand s'élève et passe le grand vol des souvenirs heureux. Il évoqua le nombre, la splendeur et la diversité de la faune, de la flore, le ciel sublime, le temps qui ne passait pas comme ailleurs. Quand il eut terminé, il fut d'un signe invité à se pencher et il entendit ce vieil homme savant lui raconter qu'il avait eu, lui aussi, le sentiment, l'intuition d'un manque sur les cartes, d'un manque dans le monde et en lui, une fois, il y avait longtemps, et si forts, si constants ce sentiment et cette intuition qu'il s'était déplacé, lui aussi, abandonnant tout et tous, et justement dans le pays que son interlocuteur (Monsieur Ore... Oregon, c'est ça ?) monsieur Oregon évoquait, extraordinaire coïncidence qui prouvait, si besoin en était encore, que ce pays existait bel et bien.

Et Oregon, bouleversé : Alors ?

Et lui, après un long silence où il reprenait un souffle qui lui revenait petit à petit, par souffles, ouvrant et refermant la bouche comme pour saisir, à l'extérieur, un air avare et réticent à entrer en lui pour l'animer, de confier, lui, à son voisin attentif et tendu comme jamais, qu'il avait une première fois quitté Carabagne pour le pays là-bas, qu'il s'en était retourné pour repartir une seconde fois et s'approcher jusqu'aux marches dans les piémonts, juste avant les pics vous savez et que, chaque fois...

(Le vieillard savant, fatigué, qui s'arrête, souffle, longtemps, Oregon qui attend, patient, souffrant, sans parler, peur de briser le silence et de provoquer la poussière.)

« A chacun des deux voyages, comment dire, au fil du temps, j'éprouvais moins fort ce que je vous ai raconté, ce sentiment d'un manque et pour cette raison je n'ai pas franchi les marches — la Frontière, comme vous dites. La vie m'a repris et maintenant qu'elle s'achève, je sais que j'ai eu tort. »

Il avait refermé les yeux.

Sa phrase : « La vie m'a repris... » faisait en Oregon grand bruit, Oregon pensant : comment la vie peut-elle reprendre quelqu'un qu'elle n'a pas quitté et comment n'a-t-il pas senti que, s'il avait franchi la Frontière, sans doute la vie jamais ne l'aurait repris qui jamais ne l'aurait quitté ?

Comme elle allait le faire, ici, bientôt, pour le punir de sa tiède conviction et de ses faiblesses.

Le vieillard-savant ne parlait plus. Le visage tourné

sur le côté droit, il le dérobait au regard de son interlocuteur. A dessein ? Oregon ne le saurait jamais. Eût-il par extraordinaire éprouvé quelque doute sur sa vie, il se serait repris en regardant cette petite chose pliée, prostrée, cachectique, à peine visible sous la couverture et qui à présent lui répugnait après qu'il l'eut pensée un ami. Il sentait qu'il ne pourrait une seconde de plus supporter cette atmosphère que marquaient la vieillesse, la maladie et la mort.

Comme il allait, retenant d'instinct ses pas, franchir le seuil, sans qu'un seul mot de plus eût été échangé, il entendit « bonne chance » et referma la porte.

Il se dirigea vers l'immeuble qui abritait, à Carabagne intra-muros, les bureaux d'Air-Hélico.

Oregon reçut la révélation de sa mort le jour de ses trente ans. Il se préparait à fêter son anniversaire, qu'on lui fêterait de même, quand, inattendue, incongrue, la pensée lui vint qu'il s'agissait peut-être du dernier. Il se vit aussitôt mort, c'est-à-dire plus vivant, allongé, cadavre et cette image, suivie d'autres aussi saisissantes, lui enleva le goût de la fête. La mort depuis quelques années frappait certes autour de lui, près de lui et, quelquefois — quand il avait aimé ou qu'il aimait — portait en lui son coup mais elle ne l'avait jamais encore atteint dans ses forces vives, jamais encore il ne s'était dit : « Tu vas mourir... », « Tu mourras un jour, l'an prochain, demain, ce soir, là... », dont il s'épouvanta. Il dut s'asseoir, mouillé de transpiration et le cœur fou. Ce ne fut pas mourir qui l'accabla d'abord, mais ne plus vivre — comme si mourir (le mot) se fût affaibli, à force d'avoir tant servi, peut-être, et que ne plus vivre (la locution), pourtant d'une dynamite moins concentrée, eût pris à mourir (le mot) la force qui, dans les premiers temps du langage et longtemps après, l'avait habité. Il se vit ne plus vivre — ne plus courir, ne plus marcher, ne plus parler, ne plus être —, chacune des images du vivre — du courir, du marcher, du parler, de l'être — frappée de mort. Mort ! Voici donc qu'Oregon revenait au mot (ou le mot à lui) quand il semblait qu'il s'en fût écarté. Inévitable et fatal, mort retrouvait la plénitude de son pouvoir dévastateur après son éclipse et, sans doute, une feinte, où Oregon avait donné avec son voyage dans les négations du vivre. Mort : le mot qui tue.

Oregon décommanda la fête.

L'événement — sa mort — lui parut imparable. Il s'éprouvait pour la première fois de sa vie — ce qui me reste à vivre, dont je ne sais rien — faible, fragile, vieux. Comment avait-il pu faire pour ne pas savoir, ne pas deviner et se dissimuler l'horreur ? Comment avait-il pu se croire, fût-ce par ignorance, hors d'atteinte ? Ou, plutôt, faire comme s'il était, lui, et sans doute lui seul, en marge de la tuerie ? Comment avait-il pu ne pas connaître que, les autres mourant, tous, sans exception, lui aussi mourrait ? Voilà, je n'ai pas pensé. Jusqu'à cette seconde. Son corps, son esprit, venaient de l'avertir. De lui raconter, comme ça, sans y toucher, ce qui l'attendait — et l'attendait à une incertaine date. S'il avait imaginé... Justement, il le faisait, désormais. Le ferait. Il ne serait jamais plus celui qui n'imaginait pas, celui qui ne savait pas. Il serait un autre — et l'était déjà. Moi, moi-même ? Moi, encore moi-même ? Moi, un étranger à moi-même. Moi, un autre.

Un inconnu, qu'il craignait.

Il se laissa couler vers des torpeurs qu'il eût recherchées, de toute façon, s'il en avait eu la force, s'abandonna à son sort nouveau de condamné à mort, dont il ne s'extirpait que pour de lapidaires et obsessionnelles questions, de loin en loin à l'occasion des sursauts de sa conscience léthargique (Pourquoi ? Quand ?) et, morte sa volonté, se retrouva seul, sans l'avoir voulu mais sans non plus ne le pas vouloir. Il employa le peu d'énergie qui lui restait, trois jours après la révélation, à donner des congés, à justifier celui qu'il s'octroyait et à se libérer de ses devoirs, de ses obligations, de ses engagements, de ses charges, de ses affections puis, pour parer au zèle des uns, à l'inquiétude des autres, à la curiosité de tous, fit annoncer qu'il partait loin, pour un certain temps — et se coucha. Il n'éprouvait le besoin de personne et le désir de rien non plus, seulement lire un peu, boire et dormir beaucoup, dans la chaleur amniotique d'une narcose dont il ne se réveillerait peut-être jamais. Or les livres se dérobaient à lui après trois pages, trop cotonneux son esprit et trop faibles ses doigts, l'alcool provoquait des somnolences à répétition, qui l'affectaient à toute heure du jour et dont il émergeait dans l'angoisse, nauséeux, mal en point et comme, de surcroît, le sommeil le fuyait la nuit, où, ressassant la mort, il se résignait à elle dans le même temps qu'il s'épouvantait à l'idée qu'elle vînt le prendre, à chacun de ses réveils plongeant, quelques secondes, dans la vision hallucinée d'un grand oiseau noir sur le coin gauche de son lit mais hors de portée, il chercha secours du côté des somnifères, neuroleptiques, psychotropes, tranquillisants, barbituriques et autres anxiolytiques, que pour commencer il trouva sans trop de peine dans les pharmacies où il avait fréquenté. Se lever et marcher l'épuisant, il envoya la femme de ménage, de tous les humains ses proches le seul dont il eût besoin, d'autant qu'elle avait le génie de presque tout obtenir sans ordonnance...

Il devint maniaque, dont il s'avisa, sans trouver l'explication ni dans le temps qui passait ni dans le malheur. Eveillé, il faisait, lent, appliqué, des piles avec les boîtes de médicaments, selon leur taille, et alignait, avec le souci d'un ordre impeccable, les flacons, les fioles, les tubes. Un matin qu'elle entrait, la femme de ménage, saisie, fit remarquer à Monsieur qu'elle avait cru, à la seconde où elle avait débouché dans la chambre de Monsieur, pénétrer dans une usine — et lui demanda d'oublier cette remarque, qu'elle se reprochait. Il regarda à son tour, longuement, comme s'il découvrait le nombre et la hauteur des emballages et il lui dit, en esquissant un sourire :

« Je suis moi-même devenu une benzodiazépine » et lui donna à penser qu'il délirait.

Le premier mot que ce fou de mots prononçait depuis longtemps. Epouvantable, interminable. Et il fallait que ce fût celui-là ! Le sommeil le reprit.

Il dépassa les doses normales des médicaments, les exagéra pour multiplier les éclairs, leur durée, l'intensité de leur lumière, passa à des mélanges de neuroleptiques pour décoller plus vite, planer plus haut, voyager plus loin et plus longtemps, ajouta l'alcool à des comprimés et s'en fut voir du côté des drogues psychotoniques et psychostimulantes, des hallucinogènes et de nouveaux psychotropes. Ses insomnies duraient toute la nuit et il se mit à souffrir de céphalées migraineuses à ses réveils où, si lent que fût son retour à la conscience, ses yeux se portaient aussitôt, comme aimantés, vers l'oiseau au bord du lit dont, absurdement, il attendait que battent les ailes. Puis il retombait dans son cerveau, recroquevillé dans cet antre qu'éclairaient des phosphènes et que criblaient des points lumineux. Oregon de plus en plus souvent chutait dans des épisodes et surgissait dans des scènes de son enfance, qu'il détestait et, pour l'oublier, augmentait les doses.

Il prenait petit à petit de tout et au moins une fois goûta à la mescaline, à l'opium, au haschisch, aux amphétamines et au LSD. A partir de ses quelques pages quotidiennes de lecture, désormais orientées, il rêva de la jusquiame, de la mandragore, du datura, de la belladone dont les feuilles et les fleurs lui faisaient le délire bruissant sous les coups d'un fantasmatique mistral, si froid, dans la chambre close, aux fenêtres jamais ouvertes depuis le premier jour de lit, où l'air n'entrait pas, que la femme de ménage accumulait les couvertures sur le malade grelottant, ému de se trouver, avec le peyotl, la mescaline, le cohoba, l'ololiukque et le champignon teonanacatl, du côté des Indiens dont il entendait, dans ses somnolences et ses dérives, le tambour, comme s'ils l'appelaient, comme s'ils tentaient de lui dire qu'ils étaient avec lui et que la mort, à bien y réfléchir, n'existait pas.

En vain.

De tous les pharmaciens, celui qu'elle sollicitait le plus souvent interrogea à plusieurs reprises cette bonne cliente, manifesta le désir de connaître son patron et, comme elle faisait mine de ne pas comprendre, menaça de ne plus fournir. Informé, Oregon choisit de céder et reçut le curieux. A partir de ce jour, l'intermédiaire n'eut plus à s'employer pour convaincre : il donna ce qu'elle demandait, ajoutant ce qu'elle ne demandait pas, le tout au prix fort.

C'est ainsi qu'il découvrit les anticholinergiques et par eux éprouva des visions si intenses que, eût-il été en situation de les analyser, il se fût affronté à une humanité inouïe, dans un autre monde aux antipodes de son monde jusqu'à ce jour. Une fois — le tournant de sa vie de malade — ses hallucinations l'arrachèrent à lui, le placèrent hors de lui, à côté de lui, et si fort et si ressemblant son double qu'il le crut lui et se vit, lui, l'autre, la silhouette qui s'en allait emportant sa mort, dont elle le délivrait. Sous le coup de cette pensée et des fulgurations qu'elle projeta aussitôt, Oregon se dressa, tâtonna, dans un état de surexcitation qui était un état nouveau, les deux bras allongés au-dessus de la couche comme s'il tentait de retenir l'apparition dont il se prit à croire, dans un bonheur intense, qu'elle n'avait pas disparu mais qu'elle l'avait réintégré, qu'elle était revenue dans son esprit après qu'elle s'en fut allée jeter la mort, comme on vide le seau d'un malade, sans regarder, avec dégoût, le plus loin possible l'immondice et comme il faisait l'effort de se lever, après un mois de lit, il entendit : Vas-y.

L'Oregon du dedans.

Pour la première fois, l'Oregon du dedans. Sa voix.

Chancelant, il gagna les toilettes, se regarda dans l'une des glaces encastrées dans le mur — en baissant la tête et fermant les yeux, il avait toujours réussi à ne pas se voir depuis qu'il s'était laissé aliter —, ne se reconnut pas, douta qu'il fût lui dans cette image aux yeux chavirés par la mydriase et s'entendit se dire : j'ai échappé à la mort. Il pensa alors que quelque chose s'instillait dans son corps, frêle et mince et pourtant assuré, comme un rayon.

Il éprouva le besoin de marcher.

Le soir de ce jour, il détruisait la totalité des médicaments.

Le lendemain, de son armée de livres, il ressortait la troupe la plus aimée, la plus consultée, la plus soignée, la plus annotée, celle que composaient les atlas, les mappemondes, les planisphères, les portulans, auxquels il ajouta les globes terrestres et s'absorba dans la redécouverte, l'examen et la contemplation, par de grands voyages en zigzag, des glaces, de la toundra, de la taïga, des steppes, des savanes, des grandes plaines et des Grandes Plaines, de la puszta, de la hamada, de la puna, de la pampa, du veld, de la prairie, du sertão, de la jungle et des llanos.

Entre autres espaces.

Oregon (à l'Oregon du dedans) : Je cherche là ce que j'ai vu dans les rêves — et l'autre : Vas-y.

Il trouva : une anomalie — et sut qu'il irait.

Restait le plus douloureux : la vente de la pierre.

Il passa des avis dans des journaux spécialisés, à Londres, New York, Francfort, Paris, Tokyo, Koweit City et Riyad. Après force téléphones et télécopies ne demeurèrent en course qu'un Américain, pétrolier du Texas, et un Japonais, seigneur de l'agro-alimentaire. L'Américain se plaça avec 2 millions de dollars, annonça qu'il arrivait suité de trois experts, dont l'avis déciderait de l'achat ou de son rejet.

Oregon leur ouvrit la porte en chancelant, non qu'il souffrît encore et ce matin-là des séquelles de sa crise mais renoncer à sa pierre lui était un crève-cœur. Convaincu qu'il lui fallait en passer par ce marché, il avait quand même examiné toutes les solutions, dans l'espoir d'un miracle.

Du coffre, où il s'appuyait, il tira, lente, la pierre, lourde. L'Américain la prit, la posa, la tourna, la retourna, l'enleva, la porta, la reposa. Il ne tenait pas en place. Excité, les yeux brillants. Il l'approchait de son nez, pour la voir de près. L'éloignait à bras tendus, la portait sur ses deux mains à plat, pour la voir de loin. Une fois, contre son cœur et Oregon à

Oregon : Je le hais. Puis il invita l'un de ses experts à s'en saisir, qui l'examina, passant les doigts, jouant de l'ongle, sautant sur les olivines, tâtant du grain. Le deuxième et le dernier firent de même, silencieux et extasiés.

Une grande, une très grande. Parfaite. Sublime.

L'Américain, sans penser à mal et sans imaginer quel couteau il retournait et dans quelle plaie à vif, disait à Oregon : « Vous l'avez remarqué, je n'ai jamais discuté vos prix successifs. Vous avez bien fait grimper les enchères. Voici votre chèque certifié. Bravo. Savez-vous combien notre planète a reçu, depuis la nuit des temps, de météorites lunaires ? » Oregon ne l'ignorait pas mais ne put trouver la force de répondre, si malheureux : Je te hais. L'autre reprit : « Douze et une seule appartient à une personne privée. C'était vous, c'est moi. Puis-je vous demander où vous l'avez trouvée ? »

Je te hais.

Oregon se vit Landru au moment de monter sur l'échafaud quand son avocat lui demande s'il a commis les crimes pour lesquels il va mourir. Landru : « Ça, maître, c'est mon dernier petit bagage. Je pars avec » et Oregon se détourna du pétrolier.

Je te hais.

Comme il franchissait le seuil, précédé du trio, il se retourna : « Je comprends votre silence. Simplement, puisque vous êtes doué pour les météorites, laissez-moi vous dire que si vous tombiez sur un morceau de Mars, du jamais vu, pour une pierre de la planète rouge, moi je suis prêt à payer deux, trois fois plus. » Oregon referma la porte.

Je te hais.

C'est ce moment de sa vie, avec la mort, avec sa mort, avec l'apparition de l'Oregon du dedans et la vente de la pierre sélène qu'Oregon revoyait, par ses yeux du dedans, ce soir où, à la frontière de ce qui deviendrait la Frontière, aux limites du pays et de ce qu'il appellerait le Pays, sur Appaloosa immobile, au plus haut de la crête, il regardait la plaine, immense en bas et loin, là-bas dans le Nouveau Nouveau Monde, Oregon en cavalier-guetteur, Oregon et Appaloosa en centaure, si forts, si beaux que, pour les contempler, le temps s'était arrêté.

Sortant d'Air-Hélico, Oregon se hâta de gagner la gare de Carabagne pour prendre le train de Babois, où il retrouva Appaloosa qui, dans sa remise là-bas, venait de passer deux nuits toute seule. Dans le train, il revoyait la scène à Air-Hélico où il avait dû s'employer à convaincre le directeur, au milieu de ses secrétaires et de ses pilotes, que non, non, il ne s'était pas enfui de prison, ni hier ni voici une heure, pas plus qu'il n'avait en tête de préparer une évasion de prisonniers grâce à l'hélicoptère dont, en vol, il maîtriserait le pilote, avant de lancer le filin… Il avait ri : non, non… d'ailleurs il ne monterait pas à bord, lui. Voici mes papiers, vous pouvez vérifier, appeler de surcroît et si vous y tenez le colonel Bonhomme, dont vous savez l'honorabilité. Ils le firent, ce dont l'autre profita pour questionner : Mais que deviens-tu ? Où es-tu ? Que fais-tu ? Ça va ? Oregon, patient, promettait de rappeler, plus tard. Le plus difficile mais il allait se surpasser : découvrir au pilote que le directeur venait de désigner le Pays, sur sa carte à lui quand, sur les autres documents, pour la route et pour le vol, il n'existait pas. Oregon, à l'adresse de l'Oregon du dedans : non seulement je vais le montrer, mais, de surcroît, le démontrer ! Rires, toujours. Longues, patientes explications. « Par les hautes montagnes... Le Paulhan, le Caillois puis Zibeline et Zinzolin et vous plongez » — le pilote : « Un hélico n'est pas un avion ! » Oregon : « Vrai et vous vous dirigez vers le haut plateau, là, dans les collines de l'Ondulie. Inutile de retenir le nom. Je vous guetterai. Je vous ferai des signes. Vous atterrirez. Vous venez seul. Deux fois par mois, donc et, en plus, dès demain, les cinq voyages où vous m'apportez tout, mes caisses, mes sacs, mes cartons... » Le directeur voulait bien que le courrier de son client, à partir d'aujourd'hui, fût adressé à ses bureaux et transitât par lui. De même les matériaux seraient jusqu'au Pays transportés, et les objets divers qu'Oregon avait assemblés, les uns devant servir à élever la maison — les autres destinés à trouver, dans la maison, leur place. Oregon, sans montrer qu'il répugnait à l'idée de fréquents atterrissages (il y en aurait toujours trop), évoqua le parachute : par lui on enverrait au sol tout ce qui ne risquait pas la casse. Une bonne idée. Une très bonne idée.

Les retrouvailles furent à la mesure de l'amour que l'homme portait à la jument. Exubérantes, volubiles, avec avalanche de caresses et de baisers. Heureuse,

Appaloosa, avec moins de démonstrations. Il s'était arrêté à une épicerie située un peu avant la remise et lui fit de nouveau le coup de la carotte (trois carottes l'une après l'autre) que, par sa patience à l'attendre, elle méritait fort. Au demeurant, le propriétaire de la remise l'avait bien soignée. Son poil luisait.

Ils prirent le chemin du Pays, l'un et l'autre nerveux, allègres, impatients. Ils escaladèrent, par sa face nord, le Paulhan, à bonne allure, et le dévalèrent, Oregon chantant et criant. A un moment, près de Zibeline et Zinzolin (à 3, 4 kilomètres ?), il avisa une clairière, pensa à une isba, à une datcha (celle-ci plutôt que celle-là) et lança, qui lui parurent aussitôt trouver leur place, Grandes Duchesses, Tsarévitch, Ekaterinbourg, qui lui feraient sa Russie, son coin de Russie dans le Pays et Appaloosa ralentie, il porta la main dans l'une des fontes, sortit, fébrile et fou de bonheur, le cahier-carnet, l'ouvrit, puis — et l'Oregon du dedans : Eh, arrête, déjà dit... Vrai : Une vieille histoire, désormais. Sans doute. Mais magnifique. Toujours magnifique. Comme le monde en compte peu. Une histoire sans fin, qui recommencerait toujours, qu'il recommencerait, lui, qu'il continuerait à dévider jusqu'à ce que chaque centimètre de cette terre et chaque motte et chaque herbe reçoive un nom, et qu'il raconterait, exalterait, magnifierait, effaçant les taches et les souillures et les crimes de cette Histoire qu'il ne cessait de maudire, avec tout ce bruit, cette fureur et ce sang, au fil des millénaires et partout dans le monde. Les Grandes Duchesses, Tsarévitch, Ekaterinbourg, pour toujours. A jamais, avec les corps des suppliciés qui sortent de terre et les bourreaux qui s'enfuient, terrorisés comme dans les livres.

Visions.

Et il furent chez eux, au cœur du haut plateau.

Outre la maison, les matériaux livrés par l'hélicoptère devaient servir à la construction, sur le modèle navajo et avec ouverture à l'est, d'un hogan pour Appaloosa. Non pas qu'Oregon craignît la pluie, la neige, le froid ou, encore, un cyclone, phénomènes étrangers au Pays, d'évidence, dont le ciel bleu ne s'était jamais altéré, depuis le premier jour, avec les mêmes trains de cirrus, ouatés, légers, danseurs, transparents. Oregon se lança alors dans ce qu'il était si impatient de vivre et qu'il n'avait retardé que pour l'enquête : le géocodage. Sa grande œuvre était là : géodésique, dont la pensée et les images qu'elle suscitait le survoltaient, entretenant une ferveur, prolongeant une exultation que la vision de ses travaux d'arpenteur, demain, avec calculs, mesures, repères, divisions, bornages, levés et triangulations portait encore plus haut et plus profond. Sans compter, exaltés et exaltants, les baptêmes. Dans le discours que, s'adressant à l'Oregon du dedans, il se destinait, soufflaient les alizés, traversaient des étoiles, des fleurs, des comètes, des queues de comètes, des ours et des ourses, des méridiens, la méridienne, la rose des vents, des parallèles et se plaçaient, lourdes, des plaques tectoniques, à côté de fractures, de fossés d'effondrement et de paysages qu'Oregon découvrait toujours à la seconde où les explorateurs venaient d'accomplir leur découverte et alors il s'élançait, tantôt à leur place, tantôt à leur suite. Il arriva plus d'une fois que, bien chauffé, il plaçât ses pas dans les leurs, carrément. Commencer ou recommencer, ne pas être à la traîne des choses, à la suite des hommes...

Il partait avec Appaloosa, piaffante, dans les fontes les inévitables guides, et cahiers-carnets, 5 crayons de couleur et fixait des amers, arrêtait des anthroponymes, tout entier dans une volonté cosmogonique qui l'amenait au rêve de mailler le Pays, non pour l'emprisonner, mais pour le tenir, le connaître et, ce faisant, l'aimer plus encore, s'il était possible, et pour qu'il ne disparût pas si, d'aventure une dérive l'affectant, des pays limitrophes et avides eussent été tentés de l'annexer. Il lui semblait vivre deux jours en un, en tout cas plus d'un jour en vingt-quatre heures comme si, dans ce pays qui avait échappé au cadastre, le solstice était frappé de ralenti, mettant à redescendre du zénith presque le double du temps ordinaire, fantastique révolution portée dans la loi cosmogonique et Oregon se prenait à penser que, peut-être, une fois (une fois plutôt qu'un jour...) et puisque le Pays avait fait un appréciable bout de chemin vers l'éternité en freinant la marche du temps, le temps s'arrêterait. Enfin. A jamais. Oregon, les yeux dilatés, qui voit la chose, la vit et son cœur bat à rompre, son sang s'affole, son cerveau travaille, frénétique, dans un corps et un esprit voués à vivre 1 000, 10 000, 100 000 ans : l'éternité. Son exaltation un peu retombée, il lui assignait, plus raisonnable, 440 ans, 440 ans d'éternité et croyait entendre l'autre : Vas-y !

440 ans : le temps de voir venir.

Sur la terre à tout le monde, il n'en doutait pas, il se trouvait, lui, dans un nouveau monde, comme l'attestaient la faillite des cartes et des cadastres à l'enregistrer, le Nouveau Nouveau Monde ainsi qu'il l'avait dit, en l'inventant et sur les carnets souvent porté, monde à ce jour inconnu, jamais vu et inouï, à l'écliptique incertain, où les solstices s'étaient mêlés, avec eux le jour le plus court et le jour le plus long, la nuit prolongée et la nuit écourtée, dans le chamboulement des hémisphères, l'effondrement des longitudes, le dessèchement de l'équateur, la volatilisation des latitudes — sans compter, dans les morceaux de leur arc brisé, les méridiens à la dérive...

Fabuleux.

Oregon vibre et vibre et vibre.

Il était désormais en mesure d'affiner les conditions du baptême. S'il empruntait toujours beaucoup à l'histoire, le Pays lui offrant tellement d'occasions de se racheter, elle le cédait en importance à la géographie et à ses propres inventions, Oregon doué pour la néologie et pensant au *Dictionnaire des mots du Pays*, qu'il écrirait plus tard, après la période des explorations. Il passait plus de temps à faire le tour des formes, des volumes, ne se laissant pas aller, comme naguère dans l'enthousiasme des premiers jours, à l'apparence, qui souvent leur eût valu un toponyme hasardeux, mal adapté. Oregon se révélait attentif aux musiques, aux bruits, dont le silence, aux parfums, aux couleurs, aux souvenirs et donc à sa vie personnelle et à sa personne avec ses passions, ses ferveurs, ses dégoûts et ses rejets, puis il retrouvait l'Histoire : si elle était absente du Pays, reste qu'il était né — fallait-il dire hélas ? Il le dit : hélas ! — au-delà de la Frontière, où l'Histoire ne pouvait que l'avoir contaminé de sorte que, malgré lui, il répandait quelques germes maléfiques. Oregon, que cette pensée accablait, à Oregon : peut-être pas beaucoup, quand même...

Sa vigilance à observer au service de son imagination tectonique, il ne se fût pas étonné de surprendre, là, sous ses yeux, au cœur des Nouvelles Rocheuses, une surrection en train de s'accomplir. Il distribuait oronymes et hydronymes, à bon escient et en nombre, soucieux que rien n'échappât au langage, ni un monticule ni une mouillère. Dans le géographe — il ne disait pas « un livre de géographie », mais « le géographe », dans une vision visionnaire qui le bouleversait et le comblait, grandiose, de tous les livres de géographie au monde assemblés en un cerveau dont les lobes eussent été les pages —, dans le géographe donc, il avait lu une fois : « ... On trouve dans la littérature géomorphologique des régions sèches quantité de glacis de dénudation, d'ablation, d'apondage, d'ennoyage, d'accumulation, de front, de revers, contraires et conformes, glacis-terrasses et versants-glacis », et comme si ces mots eussent chacun tracé une piste et se fussent proposés comme but de recherche, il regardait, plein d'eux, autour de lui et quand il en avait distingué un qui lui paraissait répondre à l'énoncé litanique du géographe, hop, il l'isolait des autres, s'emplissant de lui puis le ramenant aux mots, à cette « littérature géomorphologique » dont le géographe parlait et Oregon ne doutait pas que, revenu au livre, le mot s'en trouvât plus fort et enrichi, mieux à même de répondre à la volonté et à l'effort du visionnaire. Au soir d'une journée de chevauchées interminables, sous le soleil qui ne se couchait pas dans le ciel qui n'ombrait pas, la fatigue n'avait pas à ce point essoré ses vifs d'images qu'il ne prît le temps de compter : 400 mots, dont 200 oronymes, 31 hydronymes, 84 anthroponymes. Bien. Beaucoup ne dureraient pas, s'effaçant d'eux-mêmes ou par la volonté d'Oregon. Ceux dont il était sûr composaient la liste suivante :

Angora, Grands Lacs, Marco Polo, Alyse, Djurdjura, Sansouire, Coussous (tous quatre en Petite Kabylie, à la frontière méridionale du haut plateau), Armenia (à la frontière orientale), Hors d'Haleine (à ne pas confondre avec Grande Haleine, plus haut), Homélie, Sassafras (vers les deux Carolines), Kouriles, Herzégovine, Grue Cendrée, Grand Profond (des eaux), Syzygie (à un endroit où, ne trouvant pas les mots qu'il cherchait, il avait bégayé), Aborigène, Mare aux Songes, Fleuve Amour, Prairie du Chat, Palmyre, Palefroi, Chickamauga, Tennessee, Pointe Géologue, Zanzibarite (près de Sybarite, également porté), Corne d'Or, Caraïbe, Arquebuse, Palefrenier, Santa Fe (s'il devait un jour bâtir une ville, elle prendrait peut-être ce nom, à la fin la longue piste qui semblait, sous les yeux d'Oregon énamouré et dans l'herbe de chaque côté inclinée, l'œuvre d'une coulée de couleuvres)... Enfin et parce que la lumière à un moment lui semblait plus qu'ailleurs dansante et enjouée, il avait nommé deux parties, dans le territoire autour de lui où elle se donnait avec effusion, Kinkajou et Myrmidon.

Oregon pensait que ses créations toponymiques représentaient, à ce jour, une faible partie de ce que le Pays attendait — et encore trop peu de la grande œuvre : le centième, peut-être. Il estimait le recensement, suivi du baptême, possible à 80 %, ce qui devait lui échapper relevant du moment, des faiblesses de son œil, de la malchance, du fugace, des malices et, peut-être, dans le Pays comme ailleurs, du secret.

Il perçut le battement des pales longtemps avant de découvrir l'hélicoptère. Dans l'air si pur du Pays, le grondement et le claquement étaient insupportables. Oregon souffrait. Comme il avait dit, il leva les bras pour de grands gestes, au demeurant persuadé que l'autre l'avait vu, peut-être d'aussi loin que Paulhan et Caillois, là-haut dans la lumière, en tout cas la passe de Khyber franchie et dès les premières collines de l'Ondulie. A la seconde où le pilote sautait de l'appareil, Oregon retrouva son nom : Martin — et le cria dans le vacarme qui décroissait avec les pales alenties. Martin ne l'écoutait pas, immobile et même figé à l'endroit où il venait d'atterrir en sortant de la cabine. Dans le silence enfin, Oregon l'entendit : putain... putain... puis encore : putain... putain... exclamations étouffées, comme retenues, murmurées et non pas proférées, comme si Martin, d'instinct, avait senti qu'il ne pouvait pas, fût-ce par des sons, et moins encore par des bruits, risquer de troubler la beauté et l'harmonie du monde qui se révélait à lui, le frappant de stupeur et d'admiration. Putain... putain... il continuait, litanique et quand, enfin, Martin se tourna, à la fois assommé et surexcité, chancelant et bredouillant, Oregon découvrit que, jusqu'à ce moment, il n'avait jamais vu ailleurs que dans les mots, où à l'ordinaire ils impressionnent le lecteur, les yeux sauter du visage ou sortir de leurs orbites. Le spectacle était là, devant lui, sur la figure de Martin, putain... putain...

Comme si le ciel voulait séduire le nouveau venu, il avait imaginé de se creuser d'un abîme et de diriger en son mitan le plus fort de sa lumière, qui sortait de lui comme les volcans poussent leurs entrailles, par jets, tous dessinant des plages, des rivages, des estrans, des laisses bleus. La mer était montée au ciel, aussi grande que lui, aussi bleue que lui et Martin, abîmé dans leur contemplation, ne se laissait plus aller, de loin en loin, qu'à de rares putain... putain affaiblis, comme la vague qui, émoussée, se retire.

Oregon le rappela à la réalité : il fallait décharger.

Ils s'y employèrent. C'était un premier gros fret. Tout le ciment, toutes les peintures, tous les outils et tous les instruments adéquats, une partie de la bibliothèque, des tableaux et, dans leurs cartons, des reproductions de tableaux, des objets relevant de ses collections, des ensembles de journaux, de revues, tout ce qu'il avait choisi, entassé, empilé, emballé, empaqueté, encaissé, ficelé, attaché, sanglé au cours des deux jours qui avaient suivi son intuition du Pays et la vente de la pierre sélène. Cet hélicoptère-transporteur n'en finissait pas de dégorger.

Martin, debout, courbé, chargé, le corps à moitié dans l'appareil, Martin courant, s'éloignant, revenant, Martin encore mal remis du bouleversement qui l'avait affecté, ne cessait, à un rythme de machine, de poser des questions : « C'est à vous ? Tout à vous ? Vraiment tout ? Depuis longtemps ? Pas de voisin(s) ? Curieux que les cartes ne le mentionnent pas... Et même énorme, à y penser. On peut dire que vous avez l'œil. » Enfin la phrase qu'Oregon redoutait depuis le début et qui provoqua en lui un spasme : « Vous ne voulez pas louer ? » Le loueur supposé n'en finissant pas de ne pas répondre, il reprit : « Un tout petit bout de... », suppliant. Alors Oregon comprit qu'il lui fallait parler, mentir et entreprit de raconter que, tout frais son acte de propriété, il devait décider de quel endroit, de quelles parcelles il pourrait disposer, ce qui lui prendrait quelque temps, mais je ne solliciterai personne d'autre avant vous, Martin, vous serez le premier...

Semble-t-il, Martin oubliait sa promesse, donnée dans les bureaux d'Air-Hélico, à Carabagne : il évoquait sa femme, ses enfants, une belle famille et combien tout son monde serait heureux de l'accompagner, une fois, de découvrir cet extraordinaire putain de pays — « Non ! » Le pilote sursauta et, arrêté dans son élan, attendit. Oregon, secoué, manifestait une telle volonté qu'il se tint coi.

Enfin Martin s'envola, dans le même atroce grondement de l'arrivée et longtemps après qu'il fut hors de sa vue, là-bas du côté de Paulhan et Caillois, dont Oregon ne doutait pas que, répondant à ses vœux, ils chasseraient l'intrus, il lui sembla qu'il était encore là, Martin lourd, piétinant dans l'herbe, oiseux, tandis que l'air, perturbé par les pales, bouleversé par le rotor, n'en finissait pas de retomber, comme s'il hésitait à le faire, de l'air qui serait resté en l'air, peinant à retrouver ses amorces de vent et ses façons murmurantes de souffler. Dans l'odeur âcre de l'huile surchauffée et cuite partout autour de lui, Oregon, pour la première fois depuis qu'il avait accédé au Pays, ne se sentit pas tout à fait heureux, frôlé par l'ombre d'une inquiétude et d'une peine.

Il se remit au travail, seul selon sa volonté. Le cœur du haut plateau, où il avait choisi de bâtir, se situait à 2 kilomètres de Santa Fe, où commençait, en direction du Sud à perte de vue, la piste fameuse qu'il avait pensée l'œuvre d'une couleuvre géante qui l'ouvrait par glissements, reptations, contorsions et contractions dans les hautes herbes de la prairie, piste qu'il voyait, dans l'ordinaire de ses images, courir jusqu'à la Frontière — pas au-delà, dont il se fût alarmé. Dont il eût été terrorisé. Il chassa la pensée — encore un coup de l'hélicoptère.

Obéissant aux ordres et aux gestes, l'appareil avait atterri à un endroit choisi par Oregon avec un soin extrême. Se refusant à l'inscrire sur la carte, il l'appela Lieu de Décharge, l'expression (et le lieu) devant disparaître de sa mémoire après le dernier voyage de l'hélicoptère. Lieu de Décharge : à 800 mètres environ du cœur du haut plateau qui, par la distance, échappait ainsi à la souillure. Restait à transporter, sur les 800 mètres, le tas et l'amas impressionnants que l'appareil avait contenus. Tantôt portant, tantôt traînant, Appaloosa déplaça tout ce que lui confia Oregon qui, souvent, allait de front avec elle, lui aussi portant et traînant et, une fois, bouleversé à l'idée qui venait de le traverser, il associa la jument à la découverte de l'Amérique, où son espèce n'était pas, où elle n'arriverait que des millénaires plus tard avec les Espagnols, Oregon fabriquant pour elle, en quelques minutes, un travois et le lui attelant : de chaque côté d'Appaloosa une perche dont l'extrémité lui montait à la hauteur de la bouche, l'autre extrémité de chacune d'elles grattant le sol, une couverture attachée aux deux perches écartées comme jadis les Chinois du Nord, avec les chiens puisqu'ils n'avaient pas l'équidé, avec des peaux de bêtes puisqu'ils ignoraient la couverture, Peaux Jaunes dans leur longue marche asiatique et américaine et Oregon, par une autre de ces visions visionnaires (comme il disait) dont il avait le secret, les voyait franchir le pont de glace de l'isthme de Béring avec les chiens en tête, les perches qui crissent en raclant la glace, la peau de bête du travois tendue sous le poids des objets qui la chargent — Oregon épuisé par le nombre, la rapidité, la violence des images qui le sillonnaient et trouvant quand même, balbutiant, la force de promettre à la jument, pour la récompenser de s'être prêtée si bien à la vision, un chien.

Un chien-compagnon.

Petit à petit, il revint aux réalités : restait encore à endurer quatre voyages de fret, coup sur coup au cours de cette même journée, puis il n'aurait plus à subir l'hélicoptère que deux fois par mois, moins sur terre que dans le ciel, Martin balançant un parachute lesté du courrier, des journaux et n'atterrissant que lorsque Oregon, pour une raison ou pour une autre, lui ferait signe. Dans les bureaux d'Air-Hélico, il avait laissé un chèque qui réglait, outre les cinq trajets avec atterrissage, les vingt-quatre voyages suivants, soit une année.

Par quatre fois encore l'engin apparut, se posa, déchargeant des ensembles qui faisaient des tonnes et des tonnes, les tableaux toujours bien enveloppés dans leurs sacs, les objets aussi, les reproductions et les cartes dans leurs cartons et des livres, des livres... Chaque fois Martin admirait et, si un détail le frappait, il versait dans l'extase carrément, avec ses « putain... putain... » litaniques qu'il égrenait, tantôt à voix haute et tantôt dans un murmure. Il ne renâclait pas au travail de décharge et, dans l'herbe de la prairie, d'entassement, empilement, rangement, toutes ces opérations exigeant de la force, de l'attention, de la délicatesse, peur de casser ou d'ébrécher ou de renverser ou de déchirer. Quand l'hélicoptère n'enfermait plus que quelques colis, il alentissait son rythme comme si le regret le poignait du proche départ et bien qu'il fût assuré de revenir. A l'issue du cinquième voyage, il s'éternisa, prenant mille prétextes, toujours quelque chose à déplacer, à ranger dans l'hélicoptère où, au moment de sortir pour la dernière fois, il s'immobilisa, courbé, à la porte, regardant partout autour de lui, au ciel à la verticale, aux cieux au loin, énamouré, peiné — Oregon, qui l'observait à la dérobée, ne doutant pas que, dans l'Ancien Monde là-bas, il dût éprouver la nostalgie du Nouveau Nouveau.

Il se livra à une ultime tentative, proposant ses services : voilà, il prenait un congé, facile, il revenait, aidait à construire la maison et le comment déjà ? — Oregon : le hogan — et Martin : oui, ça, ce que vous avez dit... Oregon, plus ferme que jamais, déclina l'offre.

A peine le dernier grondement évanoui, il se mit au travail. Plus question, en principe, du géocodage avant la maison terminée, sauf s'il en éprouvait trop le besoin — commencer par le hogan, le plus simple et comme pour se faire la main : les murs élevés et l'ouverture bien dessinée à l'est, il étendit un crépi qui alternait le vert tendre, le violine, le gris perle et l'ocre puis il entreprit de voir en lui avec acuité la maison qu'il voulait et, dans ce dessein, se livra à une grande chasse d'images, qu'il sollicita en lui et dans les livres.

Ses couleurs, d'abord. En termes de temps tel qu'il coulait dans l'Ancien Monde, là-bas du côté de Gésir et de Carabagne, ce qu'il passa, penché sur des fioles, des bacs, des seaux, des alambics à travailler des pigments vegétaux, eût composé des jours. Ici, avec le temps qui allait au ralenti, il n'arrivait pas à compter juste. Toujours est-il qu'à un certain moment il avait trouvé ce qu'il cherchait : une couleur entre l'ocre et le sienne foncé, quelque chose qui tenait de l'un et de l'autre, semblait concilier deux valeurs antagonistes et suscitait ce qu'il appela une couleur-mystère, car avec mystère, justement, elle suggérait l'éternité.

Sans qu'il se l'expliquât tout à fait, elle avait partie liée à la nuit et il n'avait pas encore cimenté la première pierre qu'il voyait la maison déjà comme si elle fût debout à tenter de naître, avec une lenteur telle qu'il semblait que la nuit s'efforçât de la retenir.

Il lui fit une toiture à très faible pente, en tuiles romaines, décorée à la naissance du toit par le triple bandeau d'une génoise, que composaient des morceaux de tuiles pris dans le mortier.

Oregon bannit les angles, tout ce qui relevait de l'aigu, conçut des arrondis, des voussures, des voûtes d'arêtes, tout ce qui ressortissait aux formes en anses de panier et multiplia les doubleaux, les tailloirs, les arcs de décharge. L'espace de chaque pièce se concentrait en lignes dynamiques qui paraissaient fuir en hauteur. Les surfaces des murs et des voussures semblaient des remplissages de l'armature de l'espace, fixée, pour chaque travée, sur les poteaux, comme dans la tente primitive dont Oregon s'inspirait, et juste au point d'intersection des nervures diagonales. Un extraordinaire matin, la maison s'élevait, comme un grand oiseau qui, retardant le décollage, pousserait toujours un peu plus ses ailes autour de lui et se dresserait toujours un peu plus dans un ciel qui se creusait pour l'accueillir.

Il avait eu l'idée d'un ensemble imposant, trois corps articulés autour du cœur du haut plateau, cœur qu'il voyait devenir une cour intérieure, où il plantait la pierre pour la marier à l'herbe mais, comme il venait d'achever le premier corps, ceinturé d'une varangue avec cinq portes-fenêtres, ourlées, comme le toit et les portes, de lambrequins en bois et en métal, le besoin du géocodage le reprit, dont il ne doutait pas que le Pays fût de même impatient, et il passa à de plus rapides travaux.

Oregon répandit le crépi sur les murs bien chaulés, selon leur jeu entre eux et leur orientation, la moitié des murs peints avec le premier de ses mélanges qu'il estima réussi, l'autre moitié couverte d'un crépi rouge où il découpa des volets d'un bleu délavé. Il patina à la chaux, avec des pigments bleu indigo, les murs de la grande chambre où, sur les tables de chevet gigognes, il posa des lampes en albâtre avec des abat-jour en rabane teinte. Dans les autres pièces, aux murs interminables conçus pour aligner des livres et pour l'accroche de tableaux, il multiplia des tables basses en bois cérusé, des appliques en forme de main enserrant des fleurs, sur une patine bleue encore et toujours, et d'autres lampes, en plâtre cette fois, de même les moulages de bas-reliefs et les ébauches de fresques, auxquelles il se livrait en les commentant pour l'Oregon du dedans. Accrochés les miroirs gravés, et relevés en embrasse les rideaux, il fixa, dans l'entrée à la patine couleur lavande (un autre de ces bleus innombrables et bouleversants...), un lustre provençal, en tôle et bois doré, dont il avait fait l'emplette à Carabagne.

Une fois qu'il était absorbé à concocter une mixtion et touillait dans un bac, il n'en crut d'abord pas ce qu'il entendait mais dut se rendre à l'évidence.

Martin, dans le ciel là-bas, s'annonçait par le grondement de l'hélicoptère. Or les journaux n'étaient pas tous lus, preuve que ce voyage venait très tôt. Martin pensait sans doute qu'Oregon le laisserait atterrir. Inquiétant cet amour, chez lui aussi, du Pays. Oregon se dressa, agita les bras dans la direction de l'autre, qui le saluait, lui commandant avec fureur de ne pas atterrir, de déguerpir. Partez !

A quelque temps de là (au soir d'un de ces jours qu'il estimait d'au moins trente-six heures), il s'éloigna de 300 mètres du chantier et, dans une lumière dorée, découvrit son œuvre : il s'était donné sa maison, encerclée de bougainvillées sarmenteuses dont il prenait la débauche de fleurs, effet de la brise, pour des vols de papillons — sa maison, sa ville, sa capitale...

Il calcula : à 80 kilomètres Paulhan et Caillois. Kinkajou et Myrmidon, à 70. Partout les collines de l'Ondulie, qui commençaient passé la Frontière, distante de 120. Peut-être le lieu le plus proche, excepté Santa Fe, bien sûr : Samarcande, à 2 kilomètres. Si les toponymes portés sur les carnets et, en particulier, sur les cartes, puis distribués dans le Pays étaient dans le Pays racinés à jamais pour toujours comme il aimait à dire et disait souvent, dans la volonté redondante et pléonastique de souligner, leur situation entre eux restait précaire, dépendante de nouveaux venus susceptibles de se placer si Oregon et le Pays les estimaient voués à le faire et ainsi le brassage était-il incessant, qui créait un voisinage impromptu et un maillage en permanente évolution.

A la place d'Oregon, des aventureux (l'Oregon du

dedans : Plutôt des aventuriers — et Oregon : Des aventuriers aventureux) auraient lancé des routes, quand une piste suffisait. Des routes ! Il en frémissait. Peut-être aussi auraient-ils posé des voies de chemin de fer — et Oregon de frémir encore. Non pas qu'il eût quelque chose contre les trains, bien au contraire : dix fois au moins il avait pris, à Chama, celui qui, vers Antonito, traverse les San Juan Mountains, train vieux et lent et à Antonito il ne l'avait jamais quitté qu'il ne se fût juré d'y revenir, pour l'amour de la forêt primaire et des gorges. Oregon était pour la mise à mort du temps et, à l'inverse, un partisan convaincu de l'espace. Pour le trépas de l'un et pour l'éternité de l'autre. Il n'était pas homme à se tromper d'ennemi et se gardait de l'amalgame.

A sa condamnation du temps il ajoutait celle de la vitesse, qui avale l'espace et le ravale.

L'évocation des San Juan Mountains, à la frontière du Nouveau-Mexique et du Colorado, l'amena à repenser aux mots américains, dont il se méfiait tant, violenteurs et accapareurs qu'ils sont, libres de frontières, tueurs d'indigènes, preneurs de places, portés par grandes vagues et vogue et il se décida à un voyage qu'il baptisa aussitôt le *voyage américain* et qu'il n'eût pas tenté s'il n'avait été aussi sûr de lui. De lui et, plus encore, du Pays. Du Pays tel qu'il avait accepté — jusqu'à réclamer — qu'Oregon l'ensemençât des mots de leur langue à eux deux, à ce jour par centaines partout distribués, racinés et accrochés. Il sella Appaloosa — la première expédition depuis que la maison et le hogan étaient construits — et ils s'en furent, avec l'ordinaire de l'arpenteur, trois règles et un trépied. Oregon perplexe sur un point : fallait-il baptiser, en américain, des terres encore vierges, à ce jour ignorantes de son existence à lui, semeur, ou s'il devait mêler les mots américains aux premiers occupants, les mots français ? Dans le cas initial, il créait de toutes pièces un territoire qui, fort de son unité linguistique, risquait de constituer une marche d'autant plus menaçante que l'américain est de nature prolifique. Les mots de cette langue font des petits à une vitesse que les autres langues ignorent. Un *word boom*, dont l'Oregon du dedans ricana. Dans le second, il tenait pour acquis que le français avait pour lui la force, la beauté, un baptême judicieux et que, à dix contre un en sa faveur, la coexistence était, pour la langue majoritaire, sans danger. Alors, après avoir beaucoup patrouillé, regardé, visionné, estimé, découvert, pesé et jugé, dialogué avec l'Oregon du dedans, sollicité l'avis d'Appaloosa, qui n'en avait pas, il délimita trois comtés : Robert Lee County, Henry Ford County, Anthony Mann County, puis lança Badlands, Wagon (à ne pas confondre avec Vagon), Creek, Deputy, Ghost Town, Sheriff, Pony Express, Río Bravo (au confluent du Río Giono), Sagebrush, Prairie Schooner, Trail, Stage Coach, Country, Longhorn, Drift, Buffalo, Bonanza (espagnol, lié à l'Histoire américaine), Chaparral (espagnol de même et de même lié à l'Histoire américaine), Marshal, Laramie, Bluesman, Missouri, Scout, Mohave, Amargosa, Gone with the Wind.

Tous des mots uniques, qui, les uns noms propres

et propres à leur pays, ne prendraient la place de personne et ne tariraient pas la créativité nationale qu'il incarnait, lui, Oregon, tous les autres mots composant des noms communs, par la grâce du baptême portés à la majuscule, que leur valaient leur poids mythologique, leur pouvoir d'évocation et leur singularité musicienne.

Il venait d'inscrire l'Histoire et la géographie américaines à même le Pays, dont il regardait, dans les visions et le vertige, la prairie rouler jusqu'à l'océan Pacifique.

Une de ces nuits qui succédait à un de ces jours qu'Oregon se prenait à espérer éternel, tant il durait, des voix l'éveillèrent, qui tranchaient dans l'ordinaire jacasserie des geais bleus et des pies, innombrables et, à la seconde où elles le frappèrent, la souffrance, abominable, lui vrilla le corps, l'éprouvant à la hauteur du cœur d'une telle décharge qu'il le crut arraché et emporté. Non, ce n'était pas Martin : il aurait d'ailleurs, au préalable, perçu, dans l'air si porteur, le bruit de l'hélicoptère. Alors, qui ? Il se dressa sur le lit, demeura un moment assis, paralysé, brisé dans son rêve et dans sa vie, achevé dans sa mort, se leva, hasarda trois foulées en chancelant, non il n'avait pas déliré, on parlait devant chez lui, des voix un peu étranges et, comme il s'approchait du pas de la porte, tremblant à la pensée de ce qu'il allait surprendre, il entendit : « C'est le bonheur, c'est le bonheur », exprimé deux fois et découvrit — il n'en crut pas ses yeux — un couple de perroquets. Ils se tenaient à quelques mètres et, quand ils le virent, convergèrent vers lui, merveilleux, patauds, en se dandinant, la tête levée, sans doute un couple. Ils reprenaient l'un après l'autre et toujours deux fois : « C'est le bonheur, c'est le bonheur » puis ils furent devant lui, à quelques centimètres et arrêtés, leurs yeux ronds et jaunes levés sur Oregon qui, se courbant, les caressa l'un après l'autre, dont ils profitèrent pour lui retenir, avec le bec, un doigt, qu'ils gardèrent longtemps, sans appuyer, sans pincer, puis ils s'écartèrent et prirent un vol bas et court qui les mena sur une branche maîtresse du chêne, d'où ils le regardèrent et il entendit encore : « C'est le bonheur, c'est le bonheur », auquel par leur irruption et toute la vie par leur présence ils allaient ajouter, Oregon pleurant de bonheur à ce bonheur qu'ils disaient, répétitifs et inlassables.

A présent agrippés au tronc du chêne, ils le regardaient, la tête en bas et si drôles.

Il chercha dans le guide des oiseaux. Son intuition était fondée : deux jacos du Gabon. La terreur d'abord, puis la surprise et l'émotion l'avaient tellement éprouvé qu'il fut incapable de leur trouver, sur-le-champ, un nom.

Il héla Appaloosa pour lui annoncer l'incroyable nouvelle et lui présenter les oiseaux.

Le bonheur, donc. Justement, le bonheur. Oregon à l'Oregon du dedans : Parlons-en ! Depuis son retour du voyage des mots en Américanie, les sentiments qu'il éprouvait n'étaient pas à la mesure du Pays et se situaient même assez loin de la note maximale, 19,5/20, qu'il lui avait donnée. Hiatus, dont il souffrait. Souffrir, dans le Pays ! Impossible. Non et non. Pourtant, du bonheur presque absolu (celui que traduit 19,5/20) il était passé, sans doute petit à petit et au long fil des longs jours et des longues nuits, à un bonheur relatif, ou plutôt, à un bonheur plus relatif, haut encore certes mais en deçà de la note, lente dégradation dont il n'avait pas pris conscience jusqu'à ce qu'elle atteignît ce qu'il appelait un niveau d'étiage : 15 ou 16 — 15,5 peut-être. Qu'est-ce qui n'allait pas ? Oregon interrogeait : comment ça va les yeux, les oreilles, le nez, la bouche ? Parfait. Les jambes, les pieds ? Encore parfait. Les cheveux ? Quelque chose dans le Pays les rendait euphoriques, provoquant une croissance qui s'exerçait tant sur leur longueur que sur leur masse et Oregon devait souvent porter les ciseaux. Le cœur ? Le cœur... Oregon certes ne le ménageait pas, multipliant, en association avec le Pays, les occasions de surprises, de révélations, de beautés, tous phénomènes riches d'émotions et pourvoyeurs de secousses. Le cœur répondait toujours au quart de tour et par des battements précipités, des coups sourds qui, comme les vagues quand elles déferlent, lui battaient la poitrine et il lui arrivait, dans le merveilleux silence du pays, d'entendre, autonome, maîtresse d'elle-même, régulière jusque dans les accélérations, avec des toc toc façon pic-vert et des ahans de soufflerie, la machinerie de son cœur : imperturbable, à l'aise avec ses oreillettes et ses ventricules, sérieuse, tout à son œuvre savante de régulation du sang dans son millénaire complexe de systole et diastole... Non, pour le cœur et côté physiologie (l'Oregon du dedans : eh, tu parles relâché, à présent !), rien qui ne fût impeccable, accordé à la nature du Pays. Ce qui n'allait pas : le cœur non pas comme organe mais comme réceptacle de sentiments. Alors, le cœur ? — et Oregon portait la main à son cœur. Alors, les couilles ? — et il portait la main à ses couilles. Un même tumulte qui disait un même désarroi et une même mélancolie. Les deux s'exprimaient à l'unisson et Oregon savait, pour l'avoir expérimenté — une bien cruelle chose —, qu'il est souvent impossible de faire la part de l'un et celle des autres, car les couilles, hypocrites ou ludiques, empruntent volontiers au langage du cœur, qu'elles imitent à s'y tromper. Confusion assurée à celui qui voudrait distinguer. Palpant l'un et caressant les autres, Oregon les écoutait lui parler d'une seule voix : ils voulaient une femme.

Oregon leur répondit : pas de problème — en se mentant. Il existait bien un problème, qu'il avait affronté une fois, quand il s'était mis en tête de trouver une identité au Pays : le quitter. L'idée de l'expédition le décourageait. Le bonheur de chevaucher et de renouer, en maillant, avec le géocodage, ne compensait pas le retour à l'Ancien Monde, le souci de chercher une remise et la séparation d'avec Appaloosa. En outre, où le terrain de sa chasse ? Carabagne, une ville plus grande, carrément la capitale ? Difficile. Reste qu'il n'avait pas le choix : le cœur et les couilles parlaient trop fort.

La jument adorait le hogan, d'où elle sortit lorsqu'il l'appela. Leur dernière expédition remontait aux baptêmes américains. « Je te veux brillante » — et il lui choisit des étriers rutilants, des sangles et des brides qui sentaient le cuir neuf, une selle ouvragée avec un troussequin élancé, des bridons et des muserolles encochés de figures géométriques. Dans le bât, Oregon rangea avec soin deux costumes, six chemises, soucieux que le long voyage ne les froissât pas trop, des sous-vêtements, des lacets de couleurs différentes et une ceinture marquetée à la boucle d'une discrète turquoise. Appaloosa sellée, sanglée, le tapis étalé, ils partirent. A la conquête de la femme comme, lors de l'expédition précédente à destination des mairies, à la conquête du Pays. Ils contournaient la maison pour prendre la piste vers le nord quand il les entendit : « C'est le bonheur… C'est le bonheur. » Cette fois encore, sur le tronc d'un magnolia, ils se tenaient la tête en bas, le regardaient et Oregon se demanda s'ils ne se moquaient pas. De bon augure à tout prendre. Jamais peut-être la lumière n'avait été aussi — il prit, après une hésitation et comme une fois il l'avait fait, l'adjectif qui semblait, malgré les lois de la rhétorique, lui aller si bien — lumineuse : une lumière lumineuse et, dans la splendeur de ses arbres, de ses fleurs, de ses herbes, le Pays plus vibrant encore. L'herbe, comme si un monde la poussait d'en dessous, de l'intérieur de la terre… A la terre, Oregon lança un vocable un peu spécial, avec injonction de le décaper et de le faire neuf car il en avait grand besoin, depuis le temps, ce vocable : l'âme — l'âme de l'herbe. Il lui semblait, à plus de splendeur soudain, que la prairie se saisissait du mot, l'enfouissait, acquise à l'opération qu'il lui commandait.

Ils traversèrent tout un territoire qu'il avait maillé mais, cette partie du Pays reconnue une seule fois, à son retour de la visite aux maires, il ne la savait pas par cœur et les noms se dérobaient. C'était dans les collines de l'Ondulie en direction des Nouvelles Rocheuses et passé la Nouvelle Russie de Grandes Duchesses, Ekaterinbourg et Tsarévitch, un peu avant Trail et Prairie Schooner. Comme il sortait le carnet et la carte pour redécouvrir les noms de baptême, il sut que sa décision était prise : la capitale — et il engagea Appaloosa en direction de la passe de Khyber.

Oregon se rendit chez le même garagiste de Carabagne qui lui avait loué la remise, et la lui reloua, vaguement amusé par le saugrenu de ce cheval, qui en faisait un locataire différent des 50 voitures que ses locaux abritaient.

Oregon le cœur gros.

Jamais la pensée ne l'avait effleuré qu'il pourrait s'en revenir, un jour, dans la capitale. Il ne l'avait pas quittée depuis si longtemps qu'il ne fût capable d'en parcourir, les yeux quasiment fermés, de grands espaces. Il savait où chercher, dans quelles avenues, quelles rues et, quelques heures à peine après qu'il eut franchi la passe de Khyber, il déclenchait la chasse.

Tout ce soir-là et une partie de la nuit dans les rues alignées de magasins de vêtements et de chaussures, où il savait que rôdent loutres, martres, zibelines et, par couples, plus rarement par trios, de plus coriaces bêtes.

Chasse vaine.

De même le lendemain où il passa, repassa dans les rues, s'assit à la terrasse de cafés, engagea la conversation, alléché une fois par une grande chose ondulante et blonde, qui venait de se lever, et qu'il retint, puis une autre, encore grande, blonde toujours et sinueuse — toutes les deux pauvres d'un vocabulaire si limité qu'il avait décroché vite. Son truc : lancer son mot favori, mouvance, par exemple dans la phrase : « J'étais dans la mouvance de... » puis fixer l'autre dans les yeux. Si elle regardait à distance, fortes chances pour qu'elle connût le mot et Oregon alors, pour elle, déroulait des paysages, ce qui pouvait l'un et l'autre les mener loin... En revanche, si elle levait vers lui un regard mort, alors elle n'était pas faite pour Oregon.

Rien le deuxième jour.

Rien le matin et la première partie de l'après-midi du troisième.

A 16 heures environ, à un carrefour, il découvrait, impressionnant, rayonnant, roux, l'un des plus beaux ensembles qu'il eût jamais vus, le plus beau peut-être, sans doute, à coup sûr, chacun de ses éléments fait pour aller à l'ensemble, assorti à lui par un coup fabuleux du hasard ou bien le résultat d'une loi de la génétique au fonctionnement caché jusqu'à ce jour — et ces éléments : le visage haut et lisse porté plus haut encore par le cou, lui-même allongé comme après des années de gorgeret celui d'une Africaine et il pensa aussitôt que, dans le Pays à ce moment si elle s'y fût trouvée, le ciel pour l'élire et la recevoir se fût creusé comme il savait si bien le faire, et si souvent le faisait, s'ajoutant une étoile, puis la taille longue et droite qui, découpée dans l'espace, lui commandait — enfin les jambes.

Une main appuyée contre un mur et son équilibre ainsi assuré, sur la bicyclette elle pédalait lentement dans le vide.

Songeuse.

Sans doute, pensa Oregon, elle dans ses visions à elle.

De l'endroit où il s'était arrêté net, sur l'autre côté du trottoir, respirant à petits coups, il notait la veste noire, le corsage rose, la jupe si haut levée qu'elle en était incertaine, peut-être ce tas qui bouillonnait sur les cuisses, d'où il s'arrachait pour sauter vers le visage à la recherche de la couleur des yeux, ne doutant pas qu'ils fussent verts, dont il s'assurerait tout à l'heure quand les jambes lui donneraient un peu de répit.

Il les regardait, hypnotisé, quand l'image de Martin le traversa, absurde, incongrue, déplacée, Martin aurait dit, balbutiant dans l'admiration : « Putain... putain... » et Oregon de chasser l'intrus dans la violence et la haine.

Des jambes qui montaient, descendaient, puis toujours, sur cette bicyclette de dame au cadre à col de cygne, remontaient vers le bonbon immobile et, quand elles redescendaient à partir des genoux un bref temps arrêtées à la hauteur du bonbon, semblaient devoir toujours redescendre, aussi lentes dans la descente que dans la montée et Oregon, les battements fous de son cœur.

La fascination où elles le plongeaient, dans une eau à se noyer, tenait autant à la hauteur du cadre qu'à celle de la s... (l'Oregon du dedans : Tu ne peux pas !), qu'à la hauteur de la selle, l'un et l'autre au service de ces jambes interminables au voisinage immédiat du bonbon là-haut, découpé, bombé, lui aussi à une altitude incroyable, où Oregon fantasmait, la créature toujours lente, ailleurs, à pédaler dans le vide, en arrière, selon le piston de ses jambes vouées pour l'éternité à ce mouvement de bas en haut, de haut en bas, jambes appliquées et nonchalantes, rythmées, rythmiques, maîtresses du souple et si humain jeu mécanique où elles semblaient, en tombant, moudre le temps, indifférentes aux feux qui au carrefour se succédaient, incongrus, rouge, jaune, vert, rouge... et toujours ce bref arrêt quand elles arrivaient à la verticale du bonbon, imperturbable, lui, indépendant du double mouvement royal qui ne s'accomplissait sans doute que pour ajouter à son obsédante présence — et, ses jambes à lui coupées, il traversa en chancelant et l'aborda.

Elle lui parut s'extraire d'un rêve, toujours pédalant à l'envers, avec plus de lenteur quand même, avec des arrêts, des reprises où elle exprimait perplexité, curiosité, Oregon dans sa fièvre parlant et parlant comme s'il avait eu à craindre du silence.

Enfin elle descendit et ils s'en allèrent de front, la jeune femme poussant l'engin qu'elle n'avait pas voulu lui donner. Ils entrèrent dans un café. Pour la première fois, il la voyait de face et, comme si tant de beauté et d'émotion le terrassaient, baissa les paupières.

Il avait levé une grande biche très rousse, biche par la nervosité, les frémissements sur le visage et jusque sur la peau de ses bras, où ils couraient, innombrables, biche encore par les yeux verts, en effet.

Elle se tenait devant lui et, sans cesser de parler, il la regardait en lui.

De temps à autre, d'une partie de son cou le rouge montait, allumé par les propos d'Oregon comme une flamme, retouchait ses joues d'un dégradé de Sienne brûlée et lui, ramené à la maison par cette couleur sur elle qu'il avait tant voulue, cherchée et trouvée et dont il avait peint ses murs, pensait défaillir. A 2 heures du matin il parlait encore, inépuisable, quand elle lui dit : oui, mais vous me promettez un enfant.

Il la regarda, ahuri : un enfant ! La dernière chose qu'il aurait imaginée. Il avait pensé « chose » pour dire cette chose, l'enfant, et s'attendait, toujours ahuri, que l'Oregon du dedans le reprît, comme avec la selle la veille, mais il n'intervint pas et Oregon oublia.

Elle le quitta à 2 h 30, comme l'établissement fermait.

Il ne dormit pas, trop excité, surexcité, tantôt confiant et tantôt le contraire, tout à tour survolté et abattu, passant à toute vitesse d'un état à l'autre et, toute la nuit, tourmenté par le bonbon. De temps en temps il se demandait : le cœur ? Les couilles ? Le cœur ou les couilles et, sûr de lui : les deux. Cette fois les deux, oui, j'en suis sûr, à égalité et, dans une chimique vision, il les mélangeait.

Une seule fois se détendit-il, quand la pensée lui vint qu'il se trouvait en pleine période du culte du bonbon, sur le modèle, selon les ethnologues, du culte du cargo chez les indigènes de la Micronésie. Il nota Micronésie, pour le géocodage.

A 10 heures il se levait, réglait sa chambre, sortait, pénétrait dans un magasin, s'en éloignait, avec un paquet de bonne taille.

A 11 heures elle entrait, comme promis, dans le même café que la veille et Oregon, ébloui comme d'un grand soleil, se levait en titubant, sans voir puis, tâtonnant, lui prenait le bras. Ils s'en allèrent ensemble et elle lui dit son nom.

Le train jusqu'à Carabagne et, après quatre jours et quatre nuits, Appaloosa, enfin. Présentations. Effusions. Euphorie. En selle.

Faustine derrière lui, en amazone. A la seconde où ils franchissaient, en Ondulie, la frontière septentrionale du Pays, après l'ascension et la descente des cols, avant la Nouvelle Russie, il arrêta Appaloosa, sauta à bas de la jument, aida Faustine à descendre et lui tendit le paquet : c'est pour vous, j'aimerais que vous alliez vous changer.

Elle s'en fut derrière un rideau d'arbres. Il l'entendit s'exclamer et ne se tenait plus de bonheur. Elle revint habillée d'un complet que composaient un jupon en florence légère d'Avignon et une casaque à fond blanc avec son lustre. « Tournez-vous. » Une indienne de Marseille lui doublait le dos et le haut des manches, un taffetas blanc doublait, lui, les devants et quatre pans. « Retournez-vous », elle se présenta une fois encore de face et il prit tout son temps pour détailler, savourer le tablier de parure, taillé dans une indienne à fond blanc pisé, à décors de rayures gris de lin, de guirlandes de fleurs et de bouquets. Le costume et la femme faits l'un pour l'autre. Admirables — il admira et :

« Ne me regardez pas, je pleure. »

Puis : « Trop de beauté, trop de bonheur. »

Ils remontèrent et, au moment de lancer Appaloosa, il lui dit : « Je vous ai attendue pour baptiser cette partie du pays, que je dédie à l'Arlésienne que vous êtes dans cette tenue. Je la baptise Pays d'Arles, en votre honneur. »

Pays d'Arles : pour toujours, à jamais. Immense. Il ne prit pas la peine de plonger la main dans les fontes, d'en tirer le cahier-carnet, la carte — et de porter, dans le Nouveau Nouveau Monde, Pays d'Arles. Il ne risquait pas d'oublier.

Par une piste sans nom qui naissait à la seconde où Appaloosa l'ouvrait dans l'herbe, prolongement septentrional de celle de Santa Fe, ils allaient tantôt s'exclamant, tantôt chantant, tantôt chuchotant, sa bouche à elle alors contre son oreille et, dans l'haleine chaude, qui le survoltait : « C'est merveilleux... Merveilleux... Comment avez-vous fait ? Comment l'avez-vous découvert ? Il faut que vous ayez la grâce... » Son haleine tiède de flouve contre son oreille. A un moment, il lui cria de se retourner : « Regardez, là-bas ! » Des ombres qui couraient, montaient, s'élancaient, sautaient — et lui : « Des mouflons à manchettes. » Faustine chavirée, abasourdie : « A manchettes ! » Ils longeaient des places de ressui où, à leur passage, de grands cerfs se levaient qui, tournant la tête, les regardaient passer dans de blancs nuages soudains de hérons et de pique-bœufs. Il se déportait sans cesse pour lui parler et, à un moment : « On se croirait dans *Jeremiah Johnson* » puis, effrayé qu'elle pût s'effrayer et sans penser à lui demander si elle connaissait, il entreprit de la rassurer : « Soyez sans crainte, s'il arrivait que nous tombions sur un cimetière crow, nous ne le traverserions pas, nous le longerions. » Oregon à ce moment qui décroche et se perd dans des visions du pays des Crows dans les Rocheuses l'hiver, avec ses cimetières en l'air, ses corps enveloppés dans des peaux et déposés sur des claies au sommet des arbres nus. Là-bas au Nouveau Monde. Ils allaient dans le Nouveau Nouveau, Appaloosa sa course un peu plus sage et Oregon à Faustine : « Là, Balsamine... là, Chante-Pleure... là, Goélette... » qu'il jetait dans le vent de la course, le martèlement sourd des sabots, les pierres projetées et Faustine : « Pourquoi ? » et Oregon : « Le baptême, là... là... Esperluette, là, Hirondelle, là, Grand Tamanoir, là, Sauvagine, là, Micheline, là, Kayak là-bas... je baptise pour vous, ce sont des mots d'amour » et elle, chavirée : « Que c'est beau... », qu'elle répétait et, un moment, leurs voix se mêlèrent, celle d'Oregon qui lançait Velours, Organdi, Haro et Haridelle et celle de Faustine qui louangeait Oregon, le Pays, ce qu'Oregon faisait et qu'il disait.

Elle gardait, pour les chuchotis de sa voix rauque et tremblée, des mots où le géographe n'avait pas sa part ni d'ailleurs les surprises du vocabulaire et, sans cesser de parler, elle tentait, de sa main droite, la gauche enserrant la taille de son amour, de se saisir de la main droite, la gauche tenant les rênes, et de l'amener à elle mais il résistait à la lui abandonner et elle, contre son oreille, pressante, affolante : « Laissez-la venir à moi », « Donnez-la-moi, là, sentez-vous comme je vous aime ? » mais il résistait, sa main derrière lui perdue dans les soies, les tissus où elle tentait de l'entraîner, redoutant de toucher ce qu'elle s'obstinait à vouloir qu'il touchât : « Non... non... attendez... tout à l'heure... ce n'est pas le moment... », Appaloosa relancée à toute allure mais elle, toujours dans les flèches brûlantes des mots qu'elle lui décochait, « J'ai tellement envie... Touchez, là... », les deux mains luttant par-dessus la selle, heurtant au troussequin, Faustine tirant et tirant et, à la fin, il céda, la laissant lui guider les doigts et, quand elle les expulsa, il les porta, tout humides, à sa bouche.

Oregon avait évoqué les perroquets. Il ne se fût pas étonné, comme ils allaient, au pas, vers la maison au cœur du haut plateau dont ils avaient fait la facile escalade, de les voir s'en venir vers eux : « C'est le bonheur... C'est le bonheur... », qu'il entendit avant que de les découvrir dans l'herbe. Ils lui réservaient une surprise de taille : non pas deux, mais trois, eux deux plus un chat, son allure accordée à celle, si lente, des perroquets — un autre bonheur qui fulgurait, et dont, en bénissant le pays qui le lui donnait, il ne doutait pas de la durée : toute la vie.

Faustine et lui descendus, Appaloosa se dirigea vers le hogan et, comme elle entrait, ils se tournèrent l'un vers l'autre, les bras levés et Oregon : « Là... » Enlacés, ils se laissèrent tomber, violents, au cœur du haut plateau, comme il l'avait voulu, au cœur de la maison, comme il l'avait voulu, à l'orée de la piste de Santa Fe, comme il l'avait voulu.

Sur le chemin du Pays, Oregon n'avait pas arrêté, martyrisant la selle, de se retourner pour la regarder, la redécouvrir, chaque fois se disant qu'il venait de l'échapper belle — si elle n'était plus là ? S'il avait rêvé ? Si sa beauté s'était altérée, soudain ? —, chaque fois ce coup qu'elle lui décochait, dilatant et ouvrant son cœur à la passion qui le submergeait. Oregon portait aussitôt la main à son cœur. Calme, calme, calme-toi. Il se retournait encore, en se croyant apaisé, et recevait un nouveau coup. Alors il se résigna à regarder toujours devant lui et à lui parler haut et fort, la tête un peu de côté : « Vous verrez la maison... Je ne savais pas que je vous rencontrerais, quand je l'ai construite... Mais je devais bien être habité par le pressentiment de vous... Je suis sûr que vous l'aimerez... Vous verrez. »

Il la prit par le bras et, la précédant, ils entrèrent dans ce qu'il appela le bureau-bibliothèque, un espace immense où il lui mit entre les mains une montre à longitude, lui racontant que cet objet était la seule pièce à marquer le temps qu'il acceptât et il l'acceptait parce que, vieille d'un siècle et demi presque, elle le marquait mal, dont il riait, une montre marque-mal, eh (eh... eh... à l'Oregon du dedans, qui ne répond toujours pas...), une antiquité de grand prix, puis il lui tendit un noctularbe avec lequel il s'amusait, lui révéla-t-il, à déduire l'heure en observant, autour de la Polaire, les étoiles, erreurs et approximations garanties — il en jubilait —, le temps ainsi désigné, méprisé, dont le Pays, de surcroît, usait avec caprice, puis il lui montra des cadrans solaires : « Regardez… En portant un repère, là, je peux, par mon ombre, connaître l'heure et le temps, là encore d'autant plus bafoués que je ne me sers pas de cette chose… » Il riait et riait et lui découvrait, qu'il prenait sur les tables, des baromètres anéroïdes, des baromètres coudés, des baromètres à typhon, des baromètres et thermomètres florentins à mercure, d'autres à verre, du florentin encore, des hygromètres de poche, des hygromètres à cadran, des planétaires, des sphères armillaires… ensemble d'objets qui disaient les mondes, le ciel, la pluie, le vent, le temps, celui qu'il fait et celui qui passe, tous éléments les uns avérés, les autres improbables…

Puis elle entreprit d'embrasser l'impressionnante succession des livres, bien alignés sur (voyons, un, deux, trois, neuf, onze…) seize rangées interminables, ce qui rendait compte des voyages de l'hélicoptère toujours en surcharge qu'Oregon une fois avait évoqués, livres dont il lança 10 et 20 titres, avec aisance, tous relevant du géographe, selon le sens qu'il donnait à ce mot (je vous explique…) et portant sur les origines du monde, la formation du monde, la découverte du monde, l'état du monde.

Silencieuse, comme si souvent avec Oregon depuis qu'elle était arrivée dans le Pays, elle se disait qu'il y avait là quelque chose d'impressionnant à découvrir et à vivre : le contraste, d'une part entre ces ouvrages si bien rangés, alignés, assortis selon un ordre dont elle pressentait qu'il n'avait pas dû être facile à réaliser, et qui impliquait la taille, le sujet, la fréquence de leur propriétaire à s'y référer — entre autres principes de distribution — et, d'autre part, leur contenu, nombre d'entre eux n'évoquant rien que le bruit, la fureur, les convulsions, l'universel désordre du monde qui naît, s'installe, bouge, souffre, se désole et, sans doute, se meurt.

Son doigt attiré par les dos les plus riches en nerfs, elle effleura l'*Histoire naturelle des oiseaux de paradis*, de François Levaillant, en deux volumes, *Les Oiseaux d'Amérique*, de Jean-Jacques Audubon, l'*Histoire naturelle et générale des colibris, oiseaux-mouches... et des oiseaux de paradis*, d'Audebert et Vieillot, douze tomes, l'*Almageste*, de Ptolémée, le *Traité de l'Astrolabe*, de Jean Philopon, l'*Astronomiae instauratae progymnasmata*, de Tycho Brahé, *Thesaurus geographicus*, d'Orteluis — et Oregon : « Un Flamand, XVIe siècle, génial », *Œuvres*, d'Alfred Wegener et lui encore : « Le père de la dérive des continents, un de mes quatre dieux, début du siècle », *Les Navigations*, de Linschoton — et Oregon, qui suivait le voyage de ses doigts : « Exemplaire unique, Faustine, que j'ai acheté avec une partie de l'argent de la pierre, toutes les figures, regardez, Faustine, regardez, toutes les figures enluminées avec des rehauts d'or. »

Oregon extasié, Faustine curieuse.

Puis ils passèrent aux images.

De même qu'avec le mot géographe il désignait la géographie, les livres de géographie, les géographes... il avait élargi (écoutez-moi bien) le sens du vocable image, avec lui englobant tout ce qui relevait de la représentation picturale (m'écoutez-vous ?) et quand bien même les images n'en étaient pas, mais seulement des lignes, des signes, des griffes, des taches, loin de la figuration, et tous cabalistiques. Reste que, ainsi qu'elle le découvrait, les images proprement dites l'emportaient de beaucoup. A présent stupéfaite, Faustine : dans cette pièce interminable, qui ouvrait par des baies, où la lumière semblait chez elle, les images étaient partout là où il n'y avait pas de livres, les livres partout là où il n'y avait pas d'images, les uns qui couraient serré et les autres accrochées serré.

Elle voulut tout voir et renonça bientôt à chercher les titres, convaincue que la seule représentation les lui offrait, titres pléonastiques et superfétatoires, dont elle s'assura une dizaine de fois que chacun d'eux correspondait à celui qu'elle leur eût donné dans l'évidence du sujet dessiné et peint — et ces images : Le Bac, Paysage avec un pont de pierre, Paysage aux deux chênes, Paysage rural avec bac, Paysage avec un perroquet, un lévrier et un caniche, Paysage à l'arc-en-ciel, Paysage avec des chaumières au bord d'un chemin, Le Retour des faucheurs, La Moisson, Berger conduisant son troupeau dans un paysage de lac, Les Amours et les fleurs, Paysage à la charrette et aux grands arbres, Le Canotage, L'Ombre bleue, Paysage animé de bergers et de lavandières, Jeune femme endormie, Fenaison, Paysage vallonné, Chemin creux, Cueillette de roses, Chevaux et chevaux de bois, Le Printemps, Nu dans un paysage, La Ronde ou le Rayon de soleil, Bord de Seine, Vue de l'Hudson, Vue du Mississippi, Paysage des Rocheuses, Paysage boisé animé par des bergers,

Paysage avec chaumière, Paysage aux oiseaux exotiques, Bergers d'Arcadie, Nymphes en Brière, Soir d'été en Brière, La Halte, La Caravane, le Convoi, Les Ramasseurs de coques, Explosion lyrique, L'Auteur accueilli par Dame nature au Verger désiré, Ferme dans l'allée menant au château, Paysage fluvial aux volatiles, La Vision près du torrent ou le Rendez-Vous des frères... Cent parties de canotage, une foule de bateaux, scènes de printemps avec arbres fruitiers en fleurs, lisières de forêts, parcs à moutons au clair de lune, clairs de lune, mais sans moutons, bergeries, soleils couchants les uns et levants les autres, danses de nymphes, bêtes à l'abreuvoir, scènes de lecture, chalands à la queue leu leu, vues sur le Missouri, ou sur le Rhône, la vie pastorale en général et en particulier, mares et marais, remises de chevreuil (au ruisseau), moulins à vent et autres à eau, le monde entier ou presque enfermé dans des vues de ports, chars à bœufs, scènes de glane, et toutes ces représentations des huiles, des gouaches, des aquarelles gouachées dont beaucoup figuraient des oiseaux, des fixés sur cuivre et panneaux de bois où le ciel respirait, les arbres frémissaient — enfin, par dizaines et dizaines, des illustrations champêtres éclatantes d'or et de rouge, exubérantes et vibrantes avec, souvent, femmes et petites filles qui exultaient dans l'abondance végétale, les peintres, eux, allant de Pieter Huys, Gilles Van Coninxloo, Jan Peter Bredael, Philippe Jacques Loutherbourg, Joos de Momper, avec nombre de primitifs flamands et hollandais et de Flamands et Hollandais qui n'étaient pas primitifs, jusqu'aux contemporains, sans omettre, loin là-bas dans le temps propre à l'Ancien Monde comme au Nouveau, Breughel le Jeune et Breughel le Vieux, et encore Vuillard, Magritte, Foujita, tous trois dans un espace où couraient aussi, à grand-peine retenues par les cadres, des planètes sombres à toute allure au milieu de nuages noirs, eux-mêmes déchaînés dans leur course au-dessus d'inquiétantes villes imaginaires, signées Victor Hugo et Max Ernst.

Faustine, silencieuse et médusée.

Oregon, pas un mot tout au long de leurs lents déplacements, de leur arrêts prolongés le long des images, ses doigts qui serrent les bras de Faustine, relâchent l'étreinte, les reprennent.

Enfin « Regardez ! »

Il lui montrait, sorties des cartons où il avait plongé les mains, des enluminures, par centaines comme elle le découvrit à mesurer leur masse épaisse dilatant les parois, « Regardez ! », Oregon lui présentant des paysages qui s'étendaient si loin qu'ils rejoignaient le ciel, lui ajoutant et le continuant et il n'y avait rien à terre qui ne trouvât son prolongement là-haut. « Regardez. » Dans une perspective ramassée, un monde en miniature, avec ses éléments juxtaposés : le château, la rivière, la forêt, le ciel, les nuages aussi dont Faustine n'aurait pas pu dire de quel ordre ils relevaient, le sidéral ou le terrestre, puis « Regardez ! » : une autre enluminure, avec ce titre : Les Etats de la Société, et, en scène, un artisan menuisier, une fileuse avec son fuseau, sans doute la femme de l'artisan, comme sans doute l'enfant leur enfant à tous deux, et encore un panier, des copeaux, un luth pendu à la taille de la femme.

Beau. Calme. Silencieux. Ecrasant.

« Regardez ! »

« Regardez ! » — mais elle ne voyait plus.

La pensée la traversa que cette maison était inutile dans la mesure où elle n'était pas le lieu d'un enfermement, tous ces paysages, à l'intérieur, effaçant l'extérieur avec lequel, sans hiatus, sans transition autre que la varangue ils voisinaient, en quelque sorte un faux dedans et un vrai dehors et Oregon : « Regardez ! », qui sans doute avait décidé d'achever la jeune femme. D'un doigt qu'il venait d'appliquer sur un bouton, il ouvrait le toit, qui, au-dessus d'eux, se repliait comme un tissu et le soleil s'engouffra aussitôt, effaçant les cadres, ajoutant à la lumière des toiles, les dopant de sa gloire, avivant les couleurs, musclant l'exubérance, la gaieté et, sans doute pensa Faustine, sans doute répandait-il, sans doute, oui, le bonheur.

Par le toit ouvert descendaient des musiques et Faustine, dans un vertige, hésitait à penser qu'elles ne montaient pas des oiseaux, dont elle se fût à peine surprise de voir, sur les toiles, battre les ailes.

Quand Oregon l'estima un peu remise, il attira son attention sur les primitifs : « Je n'ai gardé, l'avez-vous remarqué ? que les scènes pastorales et les paradis terrestres, sans les scènes du Jugement dernier, que je hais, comme je hais les natures mortes. Des natures mortes ! Vous rendez-vous compte ! Je hais aussi les bronzes agressifs, l'univers d'un Barye avec ses " Cerfs attaquant un loup ". Pas de ça dans le Pays ! Pas de ça chez nous ! Jamais. »

« Je n'ai gardé... » Comment avait-il enlevé ? Elle trouva vite : des reproductions mutilées, avec des parties découpées au ciseau, peut-être aussi au rasoir, tant le travail était soigné. Pas d'a peu près avec la mort et pas de pitié pour elle.

« Regardez ! » Il lui montrait, admiratif, une peinture à l'huile, tableau du Tchèque Reiner Vaclac Vavrinec, du XVIIe siècle, intitulé Orphée avec les Animaux, où, sur un fond de forêt, un aigle jouait de la harpe pour un tigre médusé, un paon absorbé, un cygne enjoué et un monstre incertain, en tout cas monstre envoûté, peut-être un caïman.

Puis : « J'ai placé le Pays sous son égide. »

Il aimait les Flamands du grouillement humain, végétal, floral, avec force tours, tourelles, des maisons à toits de guingois, aux fenêtres rectangulaires, abondance d'animaux connus, inconnus, imaginaires, imaginés, inventés.

A des places choisies, que Faustine devina d'honneur, haut, pas trop haut, se succédaient, dominatrices, encadrées de tableaux aux représentations simples et destinées, par cette simplicité, à les mettre en valeur, des scènes du paradis terrestre, avec souvent ce nom pour titre, qui allaient de Frans Pourbus l'Aîné à André Bauchant, en passant par Poussin, dont Oregon n'avait retenu, des Quatre Saisons, que le Printemps intitulé justement Paradis terrestre, et l'Eté.

Paradis terrestres encadrés de gouaches représentant des oiseaux de paradis. Faustine en compta quatorze.

Il la prit par la taille et ils sortirent ainsi, enlacés, « C'est le bonheur... C'est le bonheur ».

Les Pataud, qui descendaient de leur arbre.

Après la maison, il tenait beaucoup à lui révéler la partie méridionale du Pays, celle, vous savez, je vous l'ai raconté, que nous avons empruntée, Appaloosa et moi, après Gésir et la Frontière, en suivant la piste que j'ai appelée Santa Fe, jusqu'au cœur du haut plateau, où nous sommes... Il concevait l'expédition comme un grand voyage initiatique à l'intention de Faustine et le prépara avec amour et minutie : Appaloosa adornée comme lorsqu'il était parti à la conquête d'une femme qui se révélerait la femme Faustine, la jument brossée, bouchonnée, lissée, couverte d'argent et de cuir neufs. Cajolée, embrassée, mise au courant. Il prit le cahier-carnet originel, désormais à peu près plein, un autre cahier-carnet, qu'il inaugurerait, les crayons de couleur, les deux livres-guides sur les plantes et les oiseaux, la boussole, la longue-vue, les jumelles et ses instruments d'arpenteur, la chaîne et la toise. Une rafle de carottes. De la maison, elle lui cria : « Ne me regardez pas venir vers vous » et, quand elle fut à sa hauteur, Oregon le visage enfoui dans la crinière d'Appaloosa : « Regardez-moi. » Par jeu, il ne leva pas aussitôt les yeux mais, à partir du sol, qu'il fixait, entreprit de monter le long d'elle, comme avec les mains, comme avec les lèvres et la langue et pensa qu'il n'avait jamais aimé personne avec cette force : Faustine radieuse dans des nu-pieds tout simples en cuir marron, à lanières, Faustine dans une jupe parasol en lin et galon rayé, Faustine dans un haut décolleté en maille de soie et ses cheveux attachés en queue de cheval avec un lien souple, vert de la couleur de ses yeux. Je l'aime.

Au moment de s'installer, en amazone derrière Oregon, qui se proposait de commander à Martin deux selles, l'une de gardian, l'autre de cow-boy, elle glissa, dans l'une des fontes, un réticule.

Ils galopèrent jusqu'à la frontière sans s'arrêter une seule fois : arrivés là-bas, il lui désigna la crête où ils s'étaient tenus, Appaloosa et lui, si longtemps, à même la ligne de partage entre l'Ancien Monde et le Nouveau Nouveau. Il était fier, ému et le cœur lui battait si fort qu'il s'appuya sur les bras qu'elle lui tendait. Puis ils entreprirent l'ascension de la crête. De la vallée montaient des aboiements, des rumeurs de voix, des bruits de métaux, des ahans de moteurs, des grondements d'engins, des hululements de sirènes, des amorces de musique, ou qui ressemblaient à la musique, qui venaient mourir là, aux portes du Pays (si je puis dire, Faustine), à leurs pieds, comme les vagues fatiguées d'une très vieille mer.

Il s'étonnait. Faustine : « Qu'avez-vous ? » et lui : « Je ne m'attendais pas à cette agitation » mais comme elle haussait les épaules, perplexe, il l'oublia.

Ils ne couchèrent pas à l'endroit où, la première

nuit, ils avaient fait halte. Le jour où il était parti en quête de la femme, il avait acheté tous les quotidiens et quelques hebdomadaires, ces mêmes journaux et revues qui lui parviendraient bientôt par Martin et le parachute et, pour tromper son attente, chasser son angoisse, éloigner le bonbon et parce que le monde le fascinait, il avait lu. Ce qui lui avait été ce jour-là révélé faisait grande la nécessité du baptême. Oregon à Faustine : ça presse. Comme il allait aborder la piste de Santa Fe, Faustine : attendez ! Elle sauta de la jument, se saisit du réticule, l'ouvrit, en sortit une première brosse, puis une autre, plus petite, un pinceau, un poudrier, deux tubes, un crayon, un miroir et, sous le regard chaviré d'Oregon, à petits coups rapides et précis, se brossa les cils (petite brosse), les cheveux (l'autre), posa de la poudre d'or sur ses pommettes, qu'elle avait saillantes, et l'étala du bout des doigts, se passa le tube sur les lèvres, Oregon les yeux fous, puis le pinceau sur les paupières puis, sur les joues, ce qui lui parut de l'ocre et de l'autre tube, qu'elle pressait, tira comme un filet d'onguent, qu'elle s'étendit sur le front d'une légère caresse. Enfin de son crayon elle traça un trait sur les sourcils et, une dernière fois, se regarda dans le miroir. Trois secondes.

Oregon les yeux fous.

Il pensa : elle avait trente ans, d'un seul coup elle en a cent de moins.

Faustine : C'est pour vous, pour la piste de Santa Fe, pour ce voyage, pour le baptême, pour ce premier jour dans le Pays où vous fûtes seul.

L'urgence du baptême.

A un moment, il lança Jéricho.

A 5 kilomètres environ de Jéricho (carte), il interrogea Faustine : Pensez-vous que nous pouvons, là, implanter Hutu-Tutsi ? Non pas Hutu ici et Tutsi là, comme ils sont dans la réalité épouvantable de l'Afrique dans l'Ancien Monde, mais Hutu-Tutsi, comme s'ils s'aimaient ou, au moins, se supportaient ? Il lui désignait une succession de collines, ensemble qui pouvait rappeler Kigali, avec des gommiers et des épineux. Elle acquiesça et il baptisa.

Hutu-Tutsi pour toujours, à jamais.

Ils montaient, comme lors du premier voyage et, bien sûr, il ne s'en étonnait pas, cette fois. Quand ils arrivèrent à Quatre Couleurs, Oregon pleurait, pour la deuxième fois depuis que Faustine le connaissait : « ... Là... C'est là que tout a commencé... Le Pays. Le Nouveau Nouveau Monde. Avec Quatre Couleurs. Elles sont toujours là, pour toujours, à jamais », pour toujours, à jamais — et, la force de l'habitude, il tâtonnait dans les fontes.

Ils prirent vers l'ouest en direction de la Washita et, comme ils approchaient, dans un silence tel que la jument, gagnée par la contagion, semblait dans l'herbe étouffer ses pas, alors floc et floc et floc, à peu près à la hauteur du gué qu'ils avaient franchi, Appaloosa et lui. De grands nageurs car ils émergèrent au loin et Oregon, prenant à Faustine les jumelles : « Deux plongeons à bec blanc et une bernache du Pacifique. »

Faustine : Etes-vous certain ? Et comme il l'assurait de son savoir, Faustine, à mi-voix : Quel homme...

Il lui découvrit Saint-John Perse, Fringillidé, Río Giono... sous le même ciel qu'il avait connu, qui n'avait pas changé, ne changerait jamais, dans la pureté et la douceur d'un bleu qui devait ne pas exister ailleurs, traversé de nuages blancs à petites protubérances, des cumulus, lui apprit-il, puis, plus loin, comme des coups de griffe dans le ciel, fins, délicats, des filaments en houppes, cette fois, Faustine, regardez, des cirrus, les grands amis-nuages du soleil, dont ils ne masquent jamais l'éclat...

Quel homme...

Il gardait à la main le cahier-carnet neuf, où il écrivait sans cesse car il doublait désormais le géocodage d'un recensement : dans les colonnes qui divisaient les pages, il portait les forêts, les garrigues, les monts, cônes et autres élévations, pour ne rien dire des animaux et des oiseaux dans les jambes d'Appaloosa et au-dessus de leurs têtes...

A Faustine : « Je vais compléter Linné, vous savez Carl von Linné, le grand naturaliste, l'auteur du premier recensement général de toutes les espèces de la Création. Il ignorait le Pays, bien sûr, et il manque donc beaucoup de sujets à son étude. Je vais lui ajouter. S'il savait ce que je fais après lui, Linné, le Suédois, quel bonheur que le sien ! »

Un peu avant Grand Concert (carte), il avait lancé : Batellerie, Little Big Horn, Labrador, Bébé Phoque, Moctezuma, Raquette, Astrakhan, Kalmoukie (effacé, vocable déjà porté...), Aristoloche, Dame Jeanne, Frangipane, Tamanoir, Hurluberlu et Jujuba — les uns des mots de mort et les autres des mots d'amour, les premiers destinés à une nouvelle greffe, les deuxièmes à perdurer tels quels.

Il l'entendait s'exclamer, entre deux baptêmes : « Que c'est beau... Beau... Regardez : tellement de fleurs, de plantes... » Une fois, un vol de millions (sans doute...) de monarques qui, comme ils s'approchaient d'orangers, prirent, en zigzag, un vol paresseux, leur cachant le soleil et Oregon lui aussi s'exclamait, dans le même bonheur qui semblait être une composante de l'air qu'ils respiraient. Une fois, comme il était resté longtemps sans parler et qu'elle n'arrêtait pas, il lui dit : « Vous êtes l'écho de ma voix silencieuse... » et l'assura qu'il venait de lui dire là d'autres mots de son amour.

C'est au moment d'arriver à Grand Concert, annoncé depuis des kilomètres par des musiques que le vent chahutait, qu'il lui dit son envie d'elle et qu'ils se prirent, sous les arbres, dans les cris, les stridences, les flûtis, les jacasseries dont le manteau aérien couvrit leur délire. S'écartant d'elle, il remarqua que sa femme rousse avait, entre les cuisses, des luisances de mica où il ne cessait, pour les retenir dans le soleil, de porter la langue et les doigts.

Il décidait de crochets qui l'éloignaient de la route de l'Ouest et les menèrent, une fois, Oregon douloureux, à Treblinka et à Wounded Knee. Une autre fois, à Palefroi et Mousqueton. Puisqu'ils avaient le temps. Oregon à Faustine : « Comprenez-vous bien cela ? Le temps, ici, dans le Pays... Le temps avec nous, enfin presque avec nous, pas tout à fait contre nous comme partout ailleurs. » Faustine : « Je ne comprends pas très bien... Je vous fais confiance...

C'est tellement beau... Etes-vous vraiment sûr que c'est toujours comme ça ? » Oregon : « Oui, toujours comme ça, un été qui durerait, avec des restes de printemps... Unique au monde. Voyez-vous, ici, on n'a pas à prendre garde à la douceur des choses. »

Il regarda sa nouvelle liste : Honky Tonk, Nashville, Goélette, Maori, Iles de la Sonde (neuf morceaux de terre au milieu de la Washita), Cochinchine, Grand Trek, Tenochtitlán, Afrikaner, Mostar, Longue Marche, Oolithe, Vanuatu (effacé, après réflexion, remplacé par Nouvelles Nouvelles-Hébrides), Vukovar, Bantoustan, Kwazoulou (ils étaient entrés en Kwazoulou en sortant de Bantoustan), enfin Vents Alizés et Quetzalcóatl.

Comme ils parvenaient au terme de leur expédition, sur le chemin du retour, il essaya une fois encore : « Eh... eh... » En vain. L'Oregon du dedans ne répondait plus. La communication était coupée. Perdu, l'Oregon du dedans, son compagnon, son vieil écho, son fantasme en solitude, ce personnage en lui qui était le doute de son esprit, une partie de sa réflexion, son grammairien et le besoin de se confier. Pourquoi ? Jaloux, l'Oregon du dedans ? Sans doute. Ou bien estimait-il, sans jalousie, que Faustine désormais aux côtés d'Oregon, son temps à lui était fini.

Son temps fini ? Jamais. « Hé... Hé. » Dans le Pays on ne s'en va pas, on ne se quitte pas, on ne meurt pas, rien n'est jamais fini. Hé... Hé... Oregon plongea dans la scène à la fin de *Danse avec les loups* quand, à Danse avec les Loups qui fuit, avec les survivants de la tribu, devant la cavalerie américaine et bleue lancée à toute allure sur leurs traces, Kicking

Bird, qui résiste et se sacrifie pour sauver les siens, crie à l'ex-lieutenant Dunbar, du fond du ravin où sa voix se brise, multipliant des cailloux d'échos : « Je suis ton ami... Je ne t'oublierai jamais » — et Oregon à l'autre Oregon : « Je ne t'oublierai jamais. Tu reviendras. »

Eh... Eh...

Ils arrivaient et Faustine : « Regardez ! » Son exclamation étouffée. Portant les yeux dans la direction qu'elle désignait de son bras tendu, il découvrit la merveille et l'identifia aussitôt : un oiseau de paradis, peut-être échappé de son image sur l'un des murs de la maison et, chez les paradisiers dans la hiérarchie selon la beauté, peut-être le plus beau.

Un paradisier bleu. Oregon, chuchotant, à Faustine : « Le paradisier bleu... » Faustine, voix basse : « C'est son nom ? »

Lui : « Oui. » Elle : « Etes-vous sûr ? » Lui : « Oui. Il est dans le livre. » Lui encore : « L'évidence de sa couleur, ni l'astrapie de Mayer, ni l'épimaque de Meyer, ni le proméfil à gorge d'acier, ni le paradisier du prince Albert, oui, c'est le bleu... » Leurs voix à peine audibles. Il s'en venait vers eux dans la splendeur bleue de sa robe, qu'il déployait en écartant, de sa poitrine et de ses flancs, ses plumes à petits miroirs et les portant si loin qu'ils formèrent un triangle, la pointe toute noire. Vers eux trois, Appaloosa immobile, Oregon et Faustine qui n'osaient pas démonter, peur de l'effrayer, le paradisier avançait, son bec d'ivoire dressé à la verticale, réfléchissant la lumière, les deux longs filaments de sa queue se balançant tel un métronome, qu'il arrondit pour former une lyre, avec la volonté évidente de séduire Oregon et Faustine qui, extasiés, n'en finissaient pas, la voix de l'un dans l'oreille de l'autre, de détailler, comme si chacun à tour de rôle en recevait l'exclusive révélation, les extrémités duveteuses dans la région du cou, là, regardez, le plastron ovale et la lavallière noire cerclée de rouge, les irisations du vert dans le bleu, les ocelles dans le rachis des barbes et barbules — le paradisier assurant sa progression par de petits et vifs sautillements, avec l'assurance de celui qui reçoit chez lui — et pour saluer ou susciter un surcroît d'admiration, il feintait, lançant ses ailes, un vol qu'il ne prenait pas... Invisibles, les Pataud, comme s'ils avaient voulu laisser la vedette au nouveau venu. Enfin, à 3 mètres du trio, il émit son roucoulis, dans une note si aiguë qu'elle parut s'envoler de lui, et tête si haut levée qu'ils découvrirent la rouge splendeur de sa gorge, puis il s'écarta, dont Appaloosa tira profit pour s'avancer, Oregon et Faustine pour démonter. La jument dans le hogan, qu'elle avait gagné toute seule, comme toujours, ils entrèrent dans la maison pour, aussitôt, tous deux serrés l'un contre l'autre derrière une baie, contempler encore la merveille, Oregon criant d'autant plus son bonheur qu'il s'était contraint à le murmurer : « Un oiseau de paradis ! Ici dans le Pays, vous rendez-vous compte ! Comme une reconnaissance, comme un sacre... »

Elle : « Non, ne pleurez pas. »

Lui : « Si vous le voulez, nous appellerons Gorge Rouge le paradisier bleu. »

Elle acquiesça.

Elle était montée sur la terrasse, au plus haut de la maison, et découvrait, en le contemplant, le Pays, quand elle crut voir quelque chose d'insolite. Elle héla Oregon, lui demandant de venir avec des jumelles, ce qu'il fit et il ne tarda pas à s'exclamer. Martin était passé ! Dans le même temps qu'il révélait à Faustine, avec Appaloosa, le Pays, l'hélicoptère assurait sa mission bimensuelle, à preuve le paquet là-bas à Lieu de Décharge, sur la toile dégonflée du parachute : son courrier, ses journaux. Comme il se ruait, Faustine : « Il va falloir attendre encore quinze jours », mais il ne l'entendit pas.

Calculant comme dans l'Ancien Monde — elle conserverait, avec ses trois montres, cette habitude ainsi qu'elle l'avait dit à Oregon, qui n'avait pas osé lui résister — elle cocha sur un carnet la date de son retour et se résigna à prendre son mal en patience. « Je suis entrée dans le Pays en pauvresse », disait-elle : avec deux seuls ensembles, celui, destiné à la chevauchée, dans lequel elle était apparue à Oregon le matin où elle l'avait rejoint, et les vêtements de fête, passés en cours de route, pour le ravissement du cavalier et en hommage au Pays. Sa garde-robe lui manquait, qu'elle chargerait Martin de lui apporter. Qu'il arrive ! Elle s'impatientait, trouvait le temps long — Oregon : « Vous trouvez ? Comment faites-vous ? » — et ne cessait de scruter le ciel, conduite qui provoquait chez lui étonnement et embarras. Enfin Martin apparut, dans ce grondement haïssable, à l'extrémité du ciel, provoquant la panique chez les Pataud, le chat, Gorge Rouge : enfuis et, sans doute, cachés... Oregon se précipita en direction de Lieu de

Décharge, agita les bras — trop tard pour le parachute, déjà lancé. Sans importance, au demeurant. L'appareil et un énorme paquet (journaux, courrier...) touchèrent le sol en même temps. Martin traînant son chargement, qu'il avait repris, après avoir plié le parachute, des mains d'Oregon : « Laissez-moi faire... », ils arrivèrent devant la maison. Le pilote, la découvrant d'un coup et tout entière, dérobée qu'elle lui avait été jusqu'alors par une de ces ondulations de terrain caractéristiques de l'Ondulie, en lâcha de saisissement le colis. Il venait à peine de prononcer la première syllabe de son interjection habituelle et s'apprêtait à la compléter, avant, sans aucun doute, de l'émettre une seconde fois, quand Faustine parut, qui lui coupa le sifflet. A petits bruits de gorge et en respirant, non sans difficulté, par sa bouche grande ouverte, il cherchait son souffle, qu'il trouva enfin. Et la voix. Alors : « Pu... » et Oregon, prompt : « Je vous en prie... » et Martin, déglutissant : « Mais vous m'aviez dit que jamais personne avant moi ? » et lui : « Oui, mais une femme... » et Martin l'interrompant, convaincu et vague : « Oui, une femme, bien sûr, ce n'est pas pareil... » Il la regardait, du fond sans fin de sa surprise, au vrai stupéfait, peut-être incrédule et Oregon devinait que s'il en eût eu l'audace, il l'aurait détaillée, auscultée, tâtée, là devant lui. Et sans doute s'en fût-il emparé.

Faustine lui tendit une lettre, non : deux. Deux lettres. Il avait semblé à Oregon qu'elle en confiait une à Martin, une seule, dont elle lui parlait, demandant que fussent remis au porteur ses effets, selon la liste par ses soins dressée, à l'intérieur de l'enveloppe, mais voilà que Martin, sans le vouloir, simplement parce que ses mains jouaient en écartant les enveloppes l'une de l'autre, révélait qu'elles étaient deux. Oregon entendit alors Faustine, après une hésitation, recommander au pilote de bien mettre à la poste celle — « ne vous trompez pas » — qui n'était pas destinée à lui assurer le transport de ses caisses et de ses ballots d'affaires personnelles, « oui, pas celle-là, mais l'autre ».

Elle offrit à Martin du thé, qu'il accepta. Il se remettait petit à petit de son agitation, sans cesser de porter les yeux sur elle, qu'il abaissait aussitôt que le regard de Faustine les accrochait et, chaque fois qu'elle les détournait pour regarder ailleurs, il les remontait et les rapportait à la jeune femme dans une obstination mécanique.

A la fin, il s'enhardit : « Pourquoi ne venez-vous pas avec moi ? Je peux vous reconduire dès après-demain. » Oregon sursautant, il s'empressa d'ajouter : « Ça aurait été plus facile de prendre vos vêtements, les empaqueter, en charger l'hélico. Sans vous, l'opération mettra beaucoup de temps, sûr, et il est probable que je ne pourrai pas revenir avant quinze jours alors que, après-demain, je suis libre — mon jour de congé. » Il évitait, cette fois, les yeux d'Oregon.

Faustine secouait la tête, non, non, mais les deux hommes devinaient qu'elle y avait pensé.

Il partit enfin, et Faustine, qui l'avait accompagné jusqu'à Lieu de Décharge, suivit l'hélicoptère longtemps, si claire la lumière, longtemps et loin, jusqu'aux cimes de Paulhan et de Caillois. Quand elle se détourna, dans l'immense silence retombé depuis, lui semblait-il, un siècle, elle se demanda si elle n'avait pas rêvé l'hélicoptère, Martin, les lettres — mais non puisqu'ils s'en venaient tous les cinq vers elle, Oregon à petits pas accordés aux pattes des Pataud, du chat, de Gorge Rouge.

A peine la cérémonie du thé achevée, Faustine et Martin sortis, il s'était jeté sur les journaux, les ciseaux, les crayons, les stylos, les encres, les chemises, les classeurs, les timbres... Martin lui avait transmis quelque trente lettres, toutes des réponses à celles qu'il avait écrites et glissées dans une boîte postale à Carabagne, lors de sa deuxième sortie du Pays. Le courrier, désormais, arriverait et partirait avec le pilote. Aucune autre voie d'acheminement. Deux fois par mois, selon leur comptage là-bas. Le rituel se décomposait ainsi : l'insupportable grondement, l'hélicoptère qui descend un peu, pas trop — ordre d'Oregon —, le parachute avec son paquet au bout. L'appareil qui repart, sauf quand signe lui est adressé, à cause du courrier à acheminer dans l'Ancien et dans le Nouveau Monde, d'atterrir. Oregon ne voyait pas pour quelle autre raison l'hélicoptère toucherait terre. Le moins de fois possible. La pensée lui vint même que, Martin rompu à ce travail particulier, le rythme des atterrissages pourrait diminuer : il lui suffisait de placer les lettres dans un sac attaché à une corde ou à un filin, que le pilote remontait. Génial.

Il était là, une fois encore, après quinze jours d'une autre longue attente, selon Faustine. Et Oregon, pour lui tout seul : « S'il pouvait ne jamais reparaître ! » Une fois encore, disparus les Pataud, le chat et Gorge Rouge, dès le premier vrombissement. Oregon, qui courait, arriva à Lieu de Décharge comme les pales s'arrêtaient et la porte s'ouvrait. Jetant un œil, puis dans la stupéfaction les ouvrant tous les deux, il ne crut pas ce qu'ils lui révélaient : « Je rêve... » Il s'était attendu à deux, trois paquets, peut-être à une caisse, — à tel point qu'il avait failli commander à Martin le parachutage, seul. Quelque chose dans l'attitude de Faustine l'avait retenu. Par bonheur. C'est qu'il aurait fallu beaucoup, beaucoup de parachutes et Oregon peinait toujours à en croire ses yeux : « Je rêve... »

« Commencez le déchargement, je reviens. — Verrai-je Madame Faustine ? » Oregon, arrêté net dans la course qu'il allait prendre pour regagner la maison : « Pourquoi ? » Martin : « J'ai une lettre à lui remettre. » Oregon : « Déchargez et partez. » Il se précipitait vers la maison.

Il ressortit les perches, la couverture navajo, remonta le travois, héla Appaloosa, lui attela le brancard et calcula de tout transporter en un minimum de voyages. A Faustine qui s'encadrait dans une baie, surprise par l'arrivée de l'hélicoptère au moment où elle faisait sa toilette ou la commençait : « Attendez là ! » Cinq aller et retour et, chaque fois, le travois lourd à casser les perches, à déchirer la couverture, à rompre les sangles. Au dernier voyage, Faustine, enfin prête, entreprit de tourner les serrures, défaire les nœuds, desserrer les attaches, repousser les papiers d'emballage. Ouverte une malle, une caisse, une boîte, il découvrait une autre malle, une autre caisse, une autre boîte, même chose avec les paquets, quelquefois six, sept, dix plus petits à l'intérieur du plus grand, et de tous ces réceptacles, inépuisables et profonds comme le ventre d'un navire, Faustine, à genoux, sortait, qu'elle tirait de leur sac ou de leur étui ou de leur gant, des chaussures à talons hauts, à talons plats, ou aiguilles, des espadrilles, des sandales, des mocassins, des mules, des bottes, des bottillons, de toutes les formes, de toutes les couleurs, avec prédominance de cuir marron, paires par dizaines et dizaines, à lacets, sans lacets, à agrafes, sans agrafes, à boutons, sans boutons, à tout et à rien, lourds, semblait-il à Oregon, comme si leurs embauchoirs n'eussent pas été de velours : « Je rêve... » ; puis des shorts en coton beige et des gilets de coton beige de même, la plupart avec poches et gansés de cuir, des chemises en bleu de Gênes, un flot de jupes longues faites pour danser sur les chevilles, ou courtes, les unes boutonnées devant, les autres derrière, de côté pour des jupes d'une troisième sorte, les ouvertes relevant d'une quatrième ; taille basse et taille haute, amples ou serrées, des toutes simples, des volantées à la verticale et doublées de points d'esprit, émaillées d'incrustations de dentelle, de raphia, d'éponge, sans compter celles qui s'offraient découpées dans de la faille changeante et celles qui bouillonnaient, en faille toujours, des portefeuilles, des trapèzes et des ajourées à mi-cuisse, celles à découpes et les jupes libres et les jupes sarongs et des courtes à pans de mousseline, Oregon : « Je rêve... » ; flot de jupons, les uns simples et d'autres à trois volants et galons fleuris, de bustiers à broderies de raphia, de combinaisons, de culottes, de soutiens-gorge et, comme toujours quand il s'éprenait (d'une femme, d'un monde, d'un système, d'une discipline, d'une espèce...), il entrait dans le vocabulaire approprié et apprenait à nommer en distinguant, savoir dont il tirait grande jouissance, ravi de pouvoir dire, ici, le soutien-gorge à balconnet et de le distinguer du pigeonnant, de celui façon brassière et du soutien-gorge corbeille... ; flot de robes cintrées à col Mao, de robes à maille impressionnée, de robes à rubans entrecroisées, de robes à quille chinée en crêpe de lin, en mousseline et organza et Faustine à genoux les levait de leur lit dans la valise et la malle, sous les yeux d'Oregon fasciné, accablé, « Je rêve... », qui se disait que quelqu'un les avait allongées avec soin, avec de l'amour peut-être, Faustine se redressant pour porter à ses yeux les plus belles pièces et les secouant afin d'effacer les mauvais plis mais alors, de l'indéfinissable et lourd parfum monté de ces étoffes empilées, superposées et depuis le début du déballage parfum étale, parfum stagnant, il semblait à Oregon que l'un d'eux se détachait, vague au-dessus des vagues, le vétiver peut-être, la lavande peut-être, le cèdre rouge peut-être, le cyprès ou le seringa ou la vanille ou la pivoine, à moins que ce ne fût l'herbe après la pluie ou la cannelle... Oregon respirant à grands coups et ivre d'un trouble qui le portait, dans cette débauche de roux, d'ocres, de roses, de rouges lie-de-vin, tons de pastel fanés, lui aussi à toucher, caresser les tissus et comme si, à travers eux, il cherchait le corps de la femme qu'ils évoquaient, Oregon touchant, caressant et Faustine : « Je vous en prie... Tout à l'heure... Laissez-moi faire, laissez-moi tout sortir... Tout est tellement froissé... » — rien que des tissus souples, fluides, nobles, quelquefois frustes d'une patine où il reconnaissait les empreintes du temps, en lin, en coton, en bourrette de soie, en mousseline, en soie sauvage, en panne de velours, en organza de soie froissée ou écrue, en velours de soie gris fumée, force saris, sarouels, kimonos, sarongs, sahariennes en toile de coton vieilli, paréos, burnous qui, au bout des doigts de Faustine, montaient au jour dans les crissements de souris du papier de soie, omniprésent ; manteaux en voile de mousseline à boléro incorporé, chemises blanches en organza rattachées à des caleçons noirs, caleçons à pattes d'éléphant et corsets en patchwork de damas fleuris ; chemises à manches ballon, guêpières, culottes montantes et d'autres non, et Oregon : « Je rêve... », corsaires, tailleurs-pantalons, pantalons cigarette, pantalons à taille élastique, pantalons à pinces et à revers, foulards, cardigans, débardeurs, débardeurs et cardigans assortis, vestes bord à bord, marinières, fourreaux, brassières, hauts de velours, bustiers, une multitude de chandails à col roulé, cheminée, rond, en V, à encolure bateau ; de cache-cœur à nouer, et Oregon cherchait le cœur de Faustine — « Je vous ai dit tout à l'heure, attendez, un peu de patience... » —, de tailleurs de damas en soie noire lamée d'or et guipure noir et or, de corsets damassés bordés de velours et de pierreries ; de la mousseline chartreuse et de la dentelle de Chantilly, des bas, des vestes cintrées où il imaginait, à l'intérieur, Faustine fuselée et comme elle lui demande son aide pour déplacer une mallette, si lourde, il trébuche, la renverse, répandant de gros bijoux d'argent, certains de turquoises bleues et vertes, d'autres turquoise et argent, certains d'entre eux mêlés de corail, d'ambre, « Je vous ai dit tout à l'heure... Un peu de patience... J'arrive au bout de l'inventaire... », une foule de caracos à fines dentelles, à soie et dentelle, des mousselines drapées et des soieries plissées, vestes encore, de petits hauts, des châles, encore des caleçons, des gilets d'homme pour femmes, des ceintures en soie et : « Regardez ! » Faustine, comme illuminée, qui tendait devant elle un fourreau en satin de soie rose dragée, enroulé asymétriquement à jeu de bretelles sur un profond décolleté bénitier, Oregon : « Je rêve » et comme il allait, fou, se jeter sur elle : « Hum... hum... », Martin.

Martin, qu'ils avaient oublié.

Martin qui avait dû longtemps attendre, là-bas auprès de son appareil à Lieu de Décharge et qui, las, décide d'aller vers la maison et vers eux.

Accroupi, il poussait d'une main l'ordinaire colis des journaux et du courrier et de l'autre tendait à Faustine une lettre, avec un intitulé assez gros pour qu'Oregon lût de loin : Faustine, aux bons soins d'Air-Hélico.

Dégrisé, Oregon. A Faustine : « Qu'allez-vous faire de tout ça ? » Elle ne répond pas. Il pensait qu'elle avait là des effets pour 10 000 ans, ce qui certes le réjouissait, encore que... mais bien plus d'effets que pour la seule personne de Faustine.

En réalité, pour 10 000 personnes — « Je rêve ».

Il se tourna vers le pilote. Oregon malgré lui agressif : « Que faites-vous ici ? Pourquoi n'êtes-vous pas reparti ? » Martin : « Madame m'avait demandé, à mon dernier voyage, d'attendre qu'elle ait tout déballé et qu'elle aviserait. »

Faustine : « Je n'ai pas tout reçu. »

Oregon qui pense n'avoir pas compris, craint de comprendre et, dans une espèce de détresse : « Voulez-vous dire que vous avez, là-bas, encore des affaires à vous ? »

Les Pataud, grimpés sur le rebord d'une baie, à cet instant : « C'est le bonheur... C'est le bonheur. »

Faustine : « Oui, mais rien d'urgent. Je pars avec lui parce qu'il faut que je voie un médecin. Que vous le vouliez ou non, les choses se passent ici comme ailleurs et j'attends un enfant. »

Il leva sur elle des yeux perdus. Tétanisé, Oregon. Après le vertige des parfums montés des dessous et des dessus, la torpeur. Sans pensées. Sans réactions. Le peu d'esprit qui lui restait lui offrait son image sous la forme d'un rameur s'épuisant à avancer sur une mer sans eau.

Peu à peu il reprenait vie, dans le silence général. Son regard allait de l'un à l'autre, plus vif et à Faustine : « Etes-vous sûre ? », qu'il se reprocha aussitôt. Une sotte question. Elle ne se donna pas la peine de répondre, agacée, d'évidence. L'hostilité de son visage, tout à coup durci. Oregon éprouvait qu'il lui en voulait de s'être laissée aller à révéler, Martin présent, l'enfant à venir. Quelque chose de si personnel, de si intime...

Il regarda le pilote : « Vous nous apporterez, quand vous reviendrez, un moïse. — Un quoi ? » Oregon commençait une explication quand Faustine intervint : « Je l'achèterai » et il redécouvrit qu'elle voulait partir.

Ce coup porté, une fois encore, à son cœur. Sa souffrance.

« Pourquoi si vite ? Pourquoi n'attendriez-vous pas ? On n'a jamais besoin d'un médecin si tôt après...

— Qu'en savez-vous ? L'enfant a été conçu ici, dans ce pays qui... » Interrompant son propos, elle passa à un autre : « J'ai besoin de savoir » — mais il ne l'entendait plus.

La phrase : « L'enfant a été conçu dans ce pays » déclenchait en lui une émotion à peine supportable, lettres de feu d'un feu de joie qui dansait à hauteur de son visage et où il lisait : « L'enfant a été conçu dans le Pays. » Dans le Pays ! Il manqua défaillir et dut chercher un appui, où peser de tout son corps. Il le voyait, l'enfant. Le premier partout. Déjà le premier dans l'ordre de la conception, puis le premier à naître. Plus tard, à la question qui lui serait posée, comme souvent à tout le monde : « D'où êtes-vous ? », réponse : « Du Pays, au Nouveau Nouveau Monde. » Le premier homme, quand bien même Oregon pensait que l'enfant serait une petite fille, qu'il voulait. Le premier aborigène. Le premier indigène. Le premier autochtone. Il exultait : « Vous rendez-vous compte ? », sans remarquer que les deux autres ne pouvaient suivre son propos, faute d'une formulation claire et complète. Le premier d'une ethnie nouvelle et, peut-être, d'une race. Au Nouveau Nouveau Monde, une nouvelle condition humaine. A la fois le premier indigène de la colonie et le premier colon. Blanc mais aussi rouge et noir et jaune, l'enfant. Tout cela, l'enfant. Inspiré et oint par le Pays, son père le guidant, il évitait, d'instinct et par la connaissance, de recommencer les fautes majeures de la conquête du Nouveau Monde et de la traite des Noirs. Entre autres dévastations. Mille autres, pendant au moins deux millénaires. L'apocalypse.

Oregon qui court, comme si souvent, dans ses visions, où jamais il ne perd haleine : il regardait, au bord de l'extase, marcher dans la beauté absolue et l'éternel matin du Nouveau Nouveau Monde une petite fille qu'il venait d'appeler Salicorne et qui allait, radieuse, dans ces mêmes hautes herbes de la prairie qu'il avait découvertes, lui, Oregon, et le premier foulées. Oui mais son antériorité ne comptait pas. Marqué, pollué, rongé par la mauvaise Histoire pleine des trous mortels du temps, il était un premier premier raté, une espèce d'avant-premier. Un jour devenue femme, Salicorne serait toujours une petite fille, selon sa volonté à lui et l'autorité du Pays et, petite fille, femme déjà, dans la convulsion et la ruine des fatalités, dont la plus redoutable, la génétique. Salicorne lestée du poids de la souffrance, de la peine, de la solitude, du vieillissement, de la mort. La première. Après Lucy, la grand-mère morte de tous les hommes, selon les anthropologues, et morte depuis trois millions d'années là-bas en Ethiopie, je vous présente Salicorne, porteuse et faiseuse d'une nouvelle Histoire qui ne manquera pas d'être, dans le Nouveau Nouveau Monde, une Histoire heureuse car le pays est fait dans le dessein qu'elle s'accomplisse.

Salicorne, seule, jusqu'à ce que, à son tour, elle ait un enfant.

Et cet enfant, un enfant. Salicorne alors grand-mère qui rejoint Lucy dans la nuit du temps aboli.

Faustine : « Je devine que vous délirez. »

Ses visions le quittèrent, à l'instant arrachées, douloureuses, et il s'efforça de sourire : « Un peu, sans doute, mais l'événement est extraordinaire. Il va beaucoup nous apporter — et pas seulement à nous. Pardon, je me laisse aller. » Puis, suppliant : « Non, ne partez pas. Pas maintenant. » Comme Faustine allait lui répondre, son visage soudain durci, une fois encore, il se tourna vers Martin : « Vous reviendrez, comment dites-vous : demain ? C'est ça ? Vous reviendrez demain, donc. Un extra, ce voyage, hors contrat. Je vous le réglerai, bien sûr. Partez, nous avons besoin d'être seuls, elle et moi, à présent. Nous deux, qui sommes presque trois. »

Il regarda Faustine : « L'enfant sera une petite fille et nous l'appellerons Salicorne. Le plus beau nom de la terre. » Elle : « Quoi ? Quelle horreur ! Jamais. » Elle lut sur ses traits un tel désarroi qu'elle s'en trouva gênée. A l'adresse de Martin : « Revenez demain » et le pilote sortit.

« C'est le bonheur, c'est le bonheur », les Pataud en regagnant, de la varangue où ils s'étaient tenus, silencieux, leur arbre.

Dans le bruit qui s'éteignait de l'hélicoptère, il lui dit, levant sur elle des yeux battus, tourmentés : « Il nous faut fêter l'enfant. Je voudrais que vous mettiez la plus belle de vos robes, ce qui certes ne sera pas facile, vous en avez tellement d'extraordinaires, puis nous dînerons aux bougies. »

La reprise de Faustine fut instantanée : « Aux bougies ! Je ne cesserai de le dire, vous êtes fou ! C'est quand la nuit, ici ? Avec tout ce temps qu'elle met à venir, comment voulez-vous que je prévoie, que je me prépare ? Des bougies, quelle idée ! D'abord, vous n'en avez pas. »

Il dut en convenir. Ils s'en passeraient donc.

Quand il la redécouvrit, chacun sortant de la pièce où il avait choisi de s'isoler, elle portait un bustier à étroites bretelles en soie safran, une longue jupe en organza de soie froissée, couleur terre brûlée qui faisait plus rayonnants encore ses cheveux fauves et il dut admettre que les bougies leur auraient ajouté, pensée absurde, au demeurant — le Pays s'en passait —, qu'il chassa, l'admirant tout entière, puis dans les détails, puis encore dans sa silhouette et sa tenue, Faustine qui pivotait et dansait, complaisante, ses pieds chaussés de fines sandales dorées et, convulsif besoin de la toucher, il porta la main sur le collier d'or vieilli, orné de topazes, long et loin dans le creux des seins, où le bustier cachait la dernière pierre, qu'il entreprit de chercher.

Le dîner achevé, il la retrouva bien là où il pensait, mais dans le fond du lit où, immobile et pliée, elle feignait une masse morte. Elle repoussa toutes les tentatives d'Oregon pour la rejoindre ou la hisser à lui puis, enfin, se décida et il la sentit qui rampait, lente entre ses jambes, grand reptile de bateau dont il distinguait, dans la nuit qui était montée, la mince, interminable ligne, Faustine déplaçant avec une telle cruauté ses mains dont les ongles creusaient, pour avancer, qu'il devait prendre sur lui pour ne pas crier, la main droite, puis la gauche, encore la droite et encore la gauche, Faustine comme si elle sortait d'un œuf et des ténèbres et quand la bouche de la bête parvint à la hauteur du ventre d'Oregon, elle le goba.

Il languissait de se plonger dans l'examen des imprimés et des lettres et le fit, pour la deuxième fois depuis son arrivée dans le Pays et la deuxième fois depuis celle de Faustine. Avec des réponses de ses correspondants, déjà. Abondance de nouvelles des deux Mondes, l'Ancien, très ancien, le Nouveau, plus ancien que le Nouveau Nouveau. Au moins dans l'ordre de la découverte et des explorations. Il enquêtait. Depuis quand ? Toujours. Enfant déjà, sans doute : une vieille inquiétude que, d'une manière ou d'une autre, il avait dû alors manifester... Le nombre des terrains où il portait son étude et la diversité des sujets qui la provoquaient, depuis qu'il était adulte, auraient pu donner à un étranger le sentiment qu'il se dispersait — non. Oregon : « Quand les choses ont-elles commencé à mal tourner ? Les choses, je veux dire : le monde, les gens... Les êtres dans le monde. Quand et où ? Voilà quinze milliards d'années, à la naissance de l'Univers ? Non, car alors le ver eût été dans l'Univers (Oregon à l'Oregon du dedans : Au secours ! — pas de réponse et tristesse) comme dans le fruit. Or il n'est pas en cause, mais ce qu'il est devenu, comme le montre bien l'existence miraculeuse du Pays, frappé par rien, ni le mal ni — presque — le temps. Si peu, le temps... Sans doute encore trop. Qu'il est devenu quand ? » Cette question, cette obsession, cette angoisse et cette frénésie : la quête même d'Oregon.

Les imprimés jouaient là leur rôle. Il avait appris en eux, avec confirmation du géographe par le truchement des physiciens et des cosmologistes, que, dans les dix premières secondes après le big bang, puis dans les mille secondes suivantes, les forces fondamentales de l'Univers s'étaient déclarées et que, en moins de trois minutes (à peine trois minutes après le big bang), il avait, l'Univers, acquis son identité, gagné ses particularités, qu'il garderait trois cent mille ans durant où, avec la lumière qui jaillit dans la soupe cosmique, il devient transparent. Fou, Oregon. De bonheur, d'espoir. A Faustine qui, dans le fauteuil, sur la varangue, se balance en lisant : « Faustine ! » Elle ne se dresse pas, alors il court vers elle et lui explique. Faustine a levé les yeux de son livre.

Elle ne demande qu'à croire. Il voudrait qu'elle voie, de surcroît. Oregon lui raconte. Ces choses sont extraordinaires. Bouleversantes. L'Univers... Là où nous sommes... Il y a quinze milliards d'années. Puis la lumière qui jaillit... Vous rendez-vous compte ? Pour la première fois... Imaginez : la première fois la lumière... Il la regarde, lui. C'est toujours la première fois et c'est toujours la première lumière. Simplement s'étonne-t-il que le prodige ne le transforme pas, ne le transporte pas, ne le transperce pas, alors qu'il le vit avec une telle intensité... Petit à petit, avec la lumière qui faiblit et un peu de peine en lui, il redescend sur terre : « L'Univers... Là où nous sommes... Il y a quinze milliards d'années... Et la suite. Attention ! Le Pays n'est pas le Pays, il ne s'est pas différencié. »

Pas encore. Oregon est déjà dans son bureau et Faustine reprend sa lecture ou regarde, là-bas au bout du haut plateau, cette chute dont il lui a tant parlé, dans le haut du ciel et qu'on voit sans jamais entendre, spectacle qui provoque un malaise en elle...

Oui, innocent le big bang, innocente la suite — mais jusqu'où, c'est-à-dire jusqu'à quand ? Le troisième grand événement, sans conteste, avec le big bang et la lumière : la formation des galaxies, un milliard d'années après la naissance de l'Univers. Rien, dans les livres racontant son émergence, rien, dans les articles des mensuels, des hebdomadaires, des quotidiens... qui laisse à penser que le mauvais tournant a été pris là-bas à ses confins, dans les immenses vagues de matière qui moutonnent en nuages filandreux. Il n'empêche qu'Oregon n'acquitte pas le monde sur des apparences : à ses observations, ses pensées, ses méditations, ses calculs, ses déductions, qui dans l'Ancien Monde l'occupaient tant, il revient sans cesse, sans rien laisser au hasard, sans rien tenir pour définitif — mais il a beau faire, beau se méfier et tendre des pièges aux choses, à sa crédulité, aux analyses qu'il lit et relit, commente et souligne, il ne peut rien reprocher à l'Univers des milliards d'années après sa naissance. Semble-t-il, il a bien grandi sans mal tourner.

Rien à lui reprocher, sauf peut-être d'être déjà dans le temps : dans le temps ! Panique. Peut-être même le monde, à ce moment-là, est-il déjà du temps. Terreur. Le monde rongé. Avec le miracle du Pays où, pour une raison inexpliquée mais qu'il découvrira, le temps avance moins vite qu'ailleurs, à ce point qu'Oregon pense qu'il peut se lasser, se laisser prendre au piège de sa propre lenteur et, à un moment, comme oublieux ou endormi ou ivre, s'arrêter.

Il s'arrête. Oregon le regarde.

On n'en est pas encore là, d'évidence. Le soulagement, le bonheur qu'il éprouve tiennent aux conclusions auxquelles il est parvenu, non sans mal et qu'il n'estime certes pas arrêtées pour toujours, mais l'essentiel est d'avancer : les choses auraient mal tourné plus près de lui, c'est-à-dire moins loin que là-bas dans la folie des gaz et la convulsion des atomes, ces quinze milliards d'années-lumière qui échappent à ses doigts, ses poings, son imaginaire et, en partie, à ses yeux... Plus près de lui le mal, comment alors ne se penserait-il pas à même de le voir et, sans doute, un jour (une nuit ?) de l'avoir ?

Par exemple, la naissance du Soleil et de son cortège de planètes, dans l'explosion d'une supernova, il y a cinq milliards d'années pour les uns, quatre milliards cinq cents millions pour les autres, le géographe ici manque de précision mais cette différence ne joue pas dans la naissance du mal, Oregon en est sûr. Jamais son attention ne s'est encore fixée avec cette intensité, qui lui pince les veines, et l'extraordinaire est là, qui s'accomplit pour la première fois, la Terre. Jusqu'à quatre ou cinq milliards d'années-lumière, inexistante. Dans aucun des mondes le monde, ni dans l'Ancien, ni dans le Nouveau, ni dans le Nouveau Nouveau ni dans le Pays. Rien. Un peu après le Soleil, soudain la Terre. A Faustine, sans se lever : « Soudain la Terre ! », exclamation qui heurte les piliers de la varangue. Il contemple, au milieu de son anneau de poussières dans la Voie lactée, la planète, bleue comme Gorge Rouge. La Terre avec peut-être, aussi, la Lune ? Comme il aimerait. A Faustine, toujours sans se lever : « Soudain la Terre, avec peut-être la Lune ! » Et Faustine, en criant : « Ne criez pas. »

Il replongeait dans les livres, les journaux, ses papiers, dépliait ses mappemondes, ses planisphères, ouvrait ses atlas, poussait sur ses globes et, petit à petit, retombait du ciel, rentrait en lui, où il redécouvrait la Terre, Gorge Rouge sur la lisse à la hauteur de la baie de sorte que, pour voir en direction du ciel, il cherchait au-dessus de l'oiseau.

Une terre incomplète, à dire vrai. Sans la croûte. Empruntant à la géologie, à la météorologie, à la paléontologie et à la géophysique les plus fortes images possible, il regarde la croûte se former, dans une grande vision incandescente de gaz et de magma qui, un moment, l'éblouit. Arrivent les mers, en se creusant, et surgissent les terres primordiales. Reste l'atmosphère, qu'Oregon attend avec patience, d'autant qu'il est assuré de respirer un jour. Où, de surcroît, pourrait-il mieux qu'ici, dans le Pays, l'espérer ? Il attendra deux milliards cinq cents millions d'années et avec elle, le monde est complet dont le Pays, peut-être, est une composante. Une fois encore il ressent l'envie de lancer la nouvelle à l'adresse de Faustine mais elle pourrait en criant lui répondre qu'il crie, alors il court vers elle et lui dit · « Je vous l'avais annoncé un peu tôt mais cette fois ça y est, la Terre est née, bien née » et il regagne son bureau.

« C'est le bonheur... C'est le bonheur... »

Puis il s'absorbait dans le passage de milliards d'années encore. Exactement trois milliards et demi où, dans son état ordinaire de fièvre et d'euphorie, sa pensée, théâtre de la même surrection géologique qui bouleversait le monde, enregistrait, dans une succession semblable à des coups de feu, le surgissement des grandes chaînes, des massifs, des pics, l'ascension des hautes plaines et des vallées d'altitude.

A la fin de ces trois milliards et demi, la Pangée. Aujourd'hui disparue la Pangée, où il revenait sans cesse, longtemps, tout le temps dont il eût pris conscience s'il n'avait pas désappris le comptage propre aux Mondes Ancien et Nouveau, en heures, en jours, en mois... La Pangée. Cent volumes au moins, dans la bibliothèque, l'évoquaient, plusieurs dizaines portant sur elle seule. Il la voyait se former cinq cent soixante-dix millions d'années avant lui, à l'ère paléozoïque, avec, alors séparées, isolées les unes des autres, les masses continentales qui remuent, se remuent, se déplacent, tournent, s'attirent, s'attractent, se touchent et, à la fin, après presque trois cents millions d'années de solitude et dérive, cèdent à leur mutuelle inclination et, comme on se marie, s'amarrent. Oregon eût tant aimé le mariage à vie. S'il en avait été le témoin ! Oregon dans le paléozoïque comme chez lui au Pays, à l'aise dans le monde qui voyage, se regarde de loin, de très loin, en morceaux épars divorcés de naissance. Oregon à sa place dans ce monde disloqué puis uni puis éclaté.

Il appelait la Pangée et elle venait aussitôt à lui, habituée ou peut-être parce qu'elle se sentait aimée, loin de sa niche morte du paléozoïque. La Pangée : un seul continent, un supercontinent. Oregon en exulte. Le Pays là, déjà, sans doute. L'Amérique et l'Europe qui forment un seul bloc, l'Inde rattachée à l'Afrique et à l'Australie. Il court et court et court dans ces neuves images, souffle coupé.

L'unité du monde.

L'homme qui a eu l'intuition, en méditant sur les cartes, que les continents formaient un tout, à preuve les côtes de l'Afrique et de l'Amérique du Sud qui s'emboîtent si on ferme l'océan Atlantique, cet homme, Wegener. Alfred Wegener. Un fou du Groenland. Allemand. L'un des plus présents fantômes, l'un des morts les plus vivants de l'univers intérieur d'Oregon. Membre de son élite et compagnon de sa garde rapprochée. Grade de général. Commande aux divisions de ses soldats-images visionnaires qui refont le monde. Quand il meurt, au Groenland, à l'issue d'une expédition qui a mal tourné, personne pour l'ensevelir, dont se chargent, en le recouvrant, les glaces de la calotte polaire. Il y est encore, dans ce qu'il peut rester d'une peau de renne. Oregon inconsolable de n'être pas né alors que Wegener perdait la vie. Il se lève, se dirige vers l'endroit où Faustine lisait, qui ne lit plus, d'ailleurs elle n'y est pas, la cherche, la trouve dans la bibliothèque-musée où elle regarde des tableaux et il lui crie : « Savez-vous ce que nous allons faire ? Seller Appaloosa et nous partons pour les hautes montagnes de la Frontière au nord, vous savez, où nous sommes passés pour entrer dans le Pays, il y a là-bas une grande faille, sur le versant sud, et je lui ai trouvé un nom : la Grande Faille de Wegener parce que si le Pays doit se détacher, un jour, il le fera le long de cette cicatrice. » Puis il entreprend de lui révéler l'Allemand mais elle ne l'écoute pas, irritée qu'il l'ait interrompue dans son examen et, peut-être aussi, pense-t-il soudain, lasse à cause de l'enfant... Comme il continue, voix plus basse, elle se détourne. Elle semble ne pas vouloir l'entendre.

Il ira seul. Avant de sangler la selle, il prend la tête d'Appaloosa dans ses bras, la serre contre lui et, à hauteur des yeux, lui dit des mots d'amour. Puis, verve tarie, passe sa joue sur le chanfrein, sous la ganache, en caressant.

Quand il retrouve la Pangée, après l'expédition du baptême, il découvre que, cinquante millions d'années plus tard, elle s'est divisée en deux continents, un septentrional, la Laurasie, et un méridional, le Gondwona, où s'amorcent la situation et le profil des continents tels qu'on les connaît, dans le divorce du monde. Dans ce divorce, le mal, peut-être ? Le mal dans le monde tel qu'il est devenu avec la Pangée rompue et déchirée.

Le grand rêve d'Oregon : revenir à la Pangée.

Cette Laurasie et ce Gondwona, il les voudrait au fond de l'océan, engloutis.

Et il se tournait vers la croûte.

Non pas toute la réponse, certes, mais une partie — une bonne partie, même : la croûte, dans les mers. Dite terrestre, malgré sa situation dans les abîmes des abysses. 75 kilomètres d'épaisseur au droit des montagnes mais, ailleurs, 30 à 40 seulement, la croûte... Appelée aussi écorce. Fantasme d'Oregon : peler cette écorce incapable de résister aux mouvements qui l'agressent, aux déformations, cassures et intrusions du magma, matière visqueuse pleine de roches en fusion d'où sortent les épanchements de lave et ce plancher océanique dont la mobilité provoque des éruptions, des séismes, des tsunamis, fond souple que parcourent des ondes de type chaotique, avec plis, retournements, ruptures... Fièvre, grande fièvre chez lui et arrêt-image sur tsunami. Le mot fait écho. A quoi ? Il déplie les journaux, cherche et redécouvre que des tsunamis épouvantables, d'une magnitude de 7,8 sur l'échelle ouverte de Richter, ont ravagé le nord du Japon, provoqués par un séisme. Leur vitesse : plusieurs centaines de kilomètres à l'heure. Plein de morts et de disparus sans doute morts, entre autres calamités. Et ce n'est pas fini. Ça commence, même. Tremblement de terre en Alaska, magnitude de 7,4 et menace là aussi de tsunami. Peu peuplée, l'Alaska. Par bonheur ? Par bonheur.

Et ça continue. Oregon a beau se dire que la presse livrée par Martin porte sur quinze jours et que le monde est comme à dessein bien complaisant dans la souffrance et le malheur, cette souffrance et ce malheur sont indéniables. En Inde, cette fois, un séisme encore, qui a secoué, disloqué toute une ville puis l'a rasée, dans le Maharashtra, 16 000 morts. Impressionnant. Abominable. « Je vais seller Appaloosa et m'en aller porter Maharashtra quelque part. » Il sort la carte et décide, après un long examen, de lui attribuer l'espace compris entre Hurluberlu et Jujuba, un peu au sud de Grand Concert, à 75 kilomètres environ de la piste de Santa Fe direction sud-nord. Redécouvrir le Pays, là, soudain, tant sentir qu'il l'aime tant et ne pourrait s'en passer, lui donne une mauvaise pensée, qui le bouleverse : si un tremblement de terre l'affectait ? Qu'il le veuille ou non, Oregon, le Pays dépend de la croûte, si mince...

Un autre de ses grands rêves : casser la croûte, pour la refaire en mieux, en solide. En dur.

Et ça se poursuit.

La Californie, à présent. Pages 1 et 4, 5, 6 ici, 1 de même et 6, 7, 8, 9 là dans cet autre journal. L'événement. C'est à Los Angeles. La magnitude ? 6,6. A ce nombre inférieur à celui du Japon et de l'Inde, Oregon ne se laisse pas prendre : 6,6, l'équivalent des plus fortes explosions atomiques jamais enregistrées. Bougeant son index, il descend sur la carte le long de l'océan Pacifique, de San Francisco à Los Angeles, en suivant la faille de San Andreas et en remontant vers le nord de la vallée de San Fernando, pour une autre faille. Fou ce que ses connaissances encyclopédiques en matière de géographie doivent aux catastrophes.

Connaîtrait-il aussi bien la Floride et la Louisiane et la Caroline du Sud sans Andrew, Camille, Emily, Hugo, les cyclones ? Andrew qui monte à 230 km/h des tropiques vers le Sud profond et Oregon qui pleure en cherchant, sur la carte du pays, le comté de Robert Lee (Robert Lee County) qu'il a créé et encarté pour l'amour du général sudiste... Connaîtrait-il à ce point de perfection Madagascar sans Daisy, Géralda, Litame et Nadia, les quatre cyclones de 1994 ? Et, outre la Polynésie, le vocabulaire s'y référant s'ils ne se déchaînaient pas là-bas : l'hurricane, le typhon, le willy-willy, pour ne rien dire, plus généraux, moins exotiques, de l'ouragan et de la tornade ? Et l'œil ? Il fascinait Oregon. Qu'un cyclone eût un œil, comme un cyclope, l'émerveillait et l'épouvantait. Il en avait cherché la définition : « Une sorte de cheminée dépourvue de nuages et de vents », merveille de non-sens, d'incongruité, d'absurdité, d'insolite — et fantasmait encore. L'œil, une cheminée, et pas de nuages, pas de vents ! Connaîtrait-il aussi bien l'Ouganda, sans la mouche tsé-tsé ? Le Yémen, l'Ethiopie, l'Arabie Saoudite, Madagascar et tout l'est de l'Afrique sans les acridiens : le criquet locuste et le pèlerin, par gigantesques essaims de milliards de criquets qui dérobent le ciel de l'Afrique et à Oregon brouillent la vue, longtemps.

Le Pays, bon Dieu : il vient de l'imaginer leur proie.

Les Philippines et le Japon et le Mexique sans les éruptions de leurs volcans : ce Pinatubo qui, au nord de Manille, dort depuis six cents ans se réveille d'un coup, inonde par ses cendres la moitié des Philippines et alors tous les christs de ce pays si catholiquement croyant qui pleurent des larmes de cendres et alors ces photos, qu'il n'oubliera jamais, de femmes dans les rues blanches du blanc des fantômes : elle se protègent, par un parapluie ouvert, de la cendre partout dans les arbres, sur le toit des maisons... Au Japon, l'Unzen, au Mexique, El Chichón.

Le Pays, bon Dieu.

Au deux bouts de la table, et sur d'autres tables autour de la grande, les cartes d'Oregon : dans l'hélicoptère, quand Martin les a transportées, en paquets, sous étuis, l'ensemble occupait la moitié de l'appareil.

Connaîtrait-il à ce point la CEI sans ses 780 têtes nucléaires ? L'Ethiopie, le sud du Soudan, le nord du Kenya sans, sous la cruauté du ciel, la sécheresse ? Les mains d'Oregon sur les cartes ne sont pas assez grandes pour couvrir les déserts qui avancent et ses doigts, malgré lui, creusent dans le papier comme si l'eau pouvait en jaillir... Le ciel, sans ses trous d'ozone, la Sibérie et la taïga sans les accidents nucléaires et la mise à mort systématique de ses forêts ? Le Pérou et la Zambie, sans le choléra ? Le bassin de l'Amazonie, la Thaïlande, le Cambodge et, de nouveau, le Kenya, sans la malaria ? La côte de l'Alaska et sa richesse pélagique sans *L'Exxon Valdez* ?

« C'est le bonheur... C'est le bonheur. »

Ils entraient, il se dressa, non, non, pas maintenant, trop tôt, trop tard et, pris de peur, ils sortirent.

Pas maintenant.

Le Pays, bon Dieu.

La Méditerranée, sans ses algues tueuses ? L'est des Etats-Unis sans le blizzard, en particulier celui « du siècle » ? L'Allemagne sans les chenilles du bombyx ? Le Mississippi et tout son haut bassin avec le Minnesota, le Missouri, le Wisconsin, l'Illinois, le Dakota du Sud, le Nebraska, sans compter l'Iowa — son doigt qui, sur les cartes encore et encore, refait le catastrophique voyage de Minneapolis au confluent du Mississippi et de l'Ohio et, pour une pause où pleurer, l'interrompt à Hannibal, Missouri, la ville ravagée de Mark Twain — sans les inondations, qui lui assurent en plus une rare science de la Chine, du Népal, de l'Inde, du Bangladesh, de la Camargue, du Vaucluse et du Roussillon ? Miami, le Yucatán, les Caraïbes, l'Amazonie, le Portugal, la Galice, les pays baltes, le Croissant d'or, le Triangle d'or, le Bangladesh et le Sri Lanka, sans la cocaïne et l'héroïne ? L'Espagne, que grignote le désert, sans le désert ? Le paradis anéanti des oiseaux aux Shetland et dans les Arcades : 50 000 guillemots morts de faim, par la faute des hommes-pêcheurs qui pêchent trop, sans cette vision de cadavres ?

Oregon qui couve des yeux les Pataud, revenus, et Gorge Rouge avec eux, Oregon qui les aime, Oregon la détresse.

Il y avait eu ce rayon — un seul rayon — dans son esprit sombre : Tiengemeten, une île des Pays-Bas en mer du Nord, que le gouvernement de ce pays, expulsant les îliens, au nombre de 37, inondait, avant de la rendre aux oiseaux…

« C'est le bonheur... C'est le bonheur. »

Tant de tragédies, de drames, de catastrophes, d'écocides, de génocides, qu'il lui arrivait de penser que le Pays n'y échapperait pas, préservé par miracle, dans le monde mais à l'écart du monde par miracle, et alors il optait pour la ruine de l'Univers, un arasement, un engloutissement totaux tout de suite et de ce gouffre, de ce fond de fin de monde il ne remontait que par le hasard de ses yeux qui, levés vers le vide de l'espace, accrochaient la splendeur du haut plateau, les scintillements de la piste de Santa Fe, Paulhan et Caillois là-haut là-bas dans leur éternité immaculée et, à ses pieds, Chat, qui le regardait, intense...

Il n'avait émergé de son plein d'images et de visions de dorsales, de magma, de laves, de basaltes, d'effondrements, de plaques, de failles, de plis, de dérives, de tectoniques, d'ouragans, de glaciers, d'ergs, de regs, de hamadas, d'érosions, de surrections, de subductions et de croûte que pour tomber dans d'autres images et visions abominables, cyclones, trombes d'eau, geysers, raz de marée, chutes de neiges, glaciations... où il lui paraissait que la Nature se revanchait du crime accéléré dont on la faisait victime.

Sauvé, le Pays ?

Il revenait à la croûte. Le point idéal de départ. Pas assez indurée, je ne le dirai jamais assez, ne le déplorerai jamais assez. Quinze plaques la divisent. Il les regarde sans fin. Des plaques qui bougent. C'est à de tels moments que l'Oregon du dedans manque le plus à Oregon, qui voudrait bien le prendre à témoin : « Regarde ! », parce que le phénomène est, comment dire, trop prodigieux. « Eh ! » Extraordinaire que les choses soient prodigieuses mais quand elles le sont infiniment aux yeux du témoin, comment pourrait-il contenir son émoi, son excitation, garder pour lui seul le sentiment du prodige ? « Eh ! » Faustine, là, ne remplaçait pas l'Oregon du dedans. Quinze plaques, pas une de moins, qui, au fond des océans parcourus de gigantesques dorsales sous-marines, chacune des milliers de kilomètres, bougent les unes par rapport aux autres, poussées par les courants très lents de la matière fluide, quinze plaques porteuses des sept continents qui font le monde divisé d'aujourd'hui, contre un seul, celui de la Pangée aux temps fabuleux de la Pangée et alors, elle, une seule et suffisante plaque sous elle... Là, peut-être, le tournant. Là, peut-être, la naissance du mal, avec les plaques qui se rencontrent, se heurtent, s'affrontent, on serait tenté de dire tête contre tête, façon bélier et cerf, façon Titans, broient de la roche, s'entre-broient, bord contre bord, grands lutteurs de la géologie, combats d'une telle intensité de telles masses et d'une telle violence que les couches rocheuses, plates à l'origine, se glissent les unes sous les autres, coulissent en grinçant, se plissent en se haussant — et Oregon, comme si l'orogenèse du monde lui dilatait les yeux, regardait naître, près et loin de lui, et chaque fois qu'il portait là-bas son regard, l'Himalaya, les Andes, les Montagnes Rocheuses, les Alpes, le Tibet, qui ne le lassaient jamais, où il revenait toujours, à la recherche d'un sens et pour la grandeur impitoyable du spectacle.

Il se penche, tend l'oreille : ce qu'il entend, là, sous la chaise, sous la terre, la plaque peut-être...

Le nom du phénomène ? La tectonique des plaques. L'inventeur-découvreur : Wegener (porté sur la carte depuis peu, à la frontière septentrionale du Pays). Appellation qui ne quittait guère Oregon. A l'époque où l'Oregon du dedans l'écoutait, il lui avait dit, une fois : « Je couche avec elle », dont l'autre avait ri : « Eh ! » Comment ne pas éprouver de la fascination pour cette chose redoutable qui soulevait les montagnes, formait les bassins océaniques, suscitait les hauts plateaux, promenait les continents, provoquait failles et rifts ? Tout le malheur du monde était là : les failles, les plaques. Les plaques, les failles. Qu'est-ce que le monde ? Des failles et des plaques — et la croûte, bien sûr. S'il écrivait un livre, un jour, titre : *La Guerre des plaques.* Héroïne principale : l'Inde, la plaque indienne. Une rouée. Personnage complexe qui, depuis cinquante millions d'années, plonge à raison de 2 centimètres par an sous l'Himalaya mais, dans le même temps, pousse à raison de 3 centimètres, toujours par an, tout ce qu'elle rencontre entre l'Himalaya et la Sibérie. Avec, pour conséquence, de chasser des gros blocs vers le Pacifique : l'Indochine hier, la Chine aujourd'hui. Le livre ne pouvait que mal finir.

Comment aurait-il pu réussir, le monde, avec, quasiment au départ, toutes ces fractures, ces cassures, ces fossés, ces effondrements, ces fossés d'effondrement, ces failles, ces parties déprimées, ces collisions, ces fissures, sutures, ces trous, ces balafres, glissements, coulissages, chevauchements, bombements dont l'origine et la responsabilité tenaient à la seule croûte, à ce point friable que la tectonique, ainsi défiée, jouait de ce qu'elle avait de plus redoutable, les plaques ? De surcroît, elles se mouvaient à l'hypocrite, en cachette, centimètre par centimètre, ici soulevant la Scandinavie, dont elles feraient une chaîne de montagnes, là inondant le Grand Rift africain, voué à devenir un océan, double opération qui leur prenait des millénaires, avec de grandes conséquences prévisibles. Oregon eût-il eu le pouvoir de recommencer le monde (mais où, dans le temps et dans l'espace ?), il refaisait le socle, déplissait les roches, changeait de sédiments de couverture, indurait les nouveaux. Alors un autre univers qui, sur des bases solides, assurait l'éternité à tout et, peut-être, à tous.

« Vous travaillez trop. »

Il se dressa et la reconnaître lui prit du temps. Ahuri, Oregon. Revenu de si loin. Il secoua la tête, encore dans les nuages. De surcroît, si changée, Faustine. En fait, elle s'était changée. Des vêtements qu'il ne connaissait pas et devina portés à dessein de voyager.

« Je pense que Martin ne va pas tarder. Venez vous asseoir » et elle se dirigea vers la varangue, où il la rejoignit à l'endroit peut-être le mieux fait pour découvrir que le paysage s'allongeait vers un ciel qui ne tombait jamais.

« Parlez-moi. Je crois que cette place est votre préférée. Pourquoi ? La beauté ?

— La beauté, oui, mais aussi ce que je vous ai expliqué plusieurs fois, qui tient en partie au sublime de ce paysage : le sentiment qu'il provoque en moi, savoir que si le temps s'arrête de passer, une fois, s'interrompt tout à fait, comme je pense qu'il fera, une fois et ça suffira, bien sûr, c'est ici que je découvrirai l'événement.

— Parlez-moi encore.

— Avez-vous vos lunettes de soleil ? »

Il alla les lui chercher, ajusta les siennes, lui désigna un point à regarder, presque à leur verticale, au sommet et au creux de la courbe de l'astre frappé par le solstice et Faustine : « Pourquoi ? » et lui : « S'il se saborde, on le découvrira là. »

Faustine : « A quoi verra-t-on qu'il ne passe plus ? »

Oregon : « A ce qu'il demeure immobile, sans faire plus ni ombre ni lumière ni soleil nouveau... Toujours le même... Eternel. »

Faustine : « Ce serait bien ? »

Oregon : « Fabuleux. Vous et moi à jamais. »

Ils regardaient.

Silencieux.

Ils regardaient.

Elle parut s'impatienter, à un moment, car elle demanda : « Alors ? » Et lui : « Attendez encore un peu » puis Faustine, qui n'avait pas une seule fois baissé les yeux : « Vous croyez que le temps a passé ? » mais lui, qui dévorait le ciel : « Je ne peux pas encore savoir » et elle, après un silence : « Et là ? » et lui, après un temps (un long temps), voix basse : « Il a passé. » Oregon courba la tête — puis, voix plus ferme : « La prochaine fois. »

Comme ils restaient là, debout, cloués, gênés, il entreprit de lui expliquer : « Vous savez, je réussirai. Depuis quelque temps, je rate le temps de peu. Je le piège presque. Sans doute ne faisait-il pas encore assez beau, assez lumineux, assez tiède, assez alenti et lui n'était-il pas encore au bout de sa course, pas assez sur le point de n'en pas finir de mourir, comme il lui arrive de me donner le sentiment. Trois, quatre fois il a failli y passer. J'étais là, à le regarder. Il s'en est manqué de quelques secondes. Aurait-il persisté dans son immobilité, je le faisais chocolat, comme je disais, enfant. Je pense qu'il est usé, qu'il ne se méfie plus assez, depuis quatre milliards cinq cents millions d'années, qu'il se laissera distraire, un jour, qu'il oubliera d'aller, un jour, et alors... »

Un silence et il reprenait : « Pas grand-chose vraiment ne manque. Il suffirait qu'il ne passât pas à demain, qu'il marquât une pause, qu'il prît du retard... Une fois que je regardais les collines à l'extrême de l'Ondulie, là-bas, c'était un peu avant votre arrivée, elles ont failli ne jamais virer au bleu du soir, qui s'est tellement attardé sur elles, à les envelopper, à les baigner, que j'ai cru que jamais ne tomberait le noir de la nuit. A quelques secondes près. »

Encore un silence, puis : « De drôles de choses se découvrent... Savez-vous que dans les montagnes du Hoggar un kilo ne pèse pas un kilo, mais moins ? La légèreté relative des corps là-bas, chez les Touareg en Sahara, à 2000 mètres d'altitude, au cœur de la plaque continentale de l'Afrique, s'expliquerait par une densité faible du manteau supérieur au-dessus de la croûte terrestre... La plaque, la croûte, je les retrouve sans cesse ! Je vous raconterai. Je sais de même que si la Terre tournait seulement autour du Soleil, et non plus sur elle-même, il se lèverait et se coucherait une fois par an... » Et songeur : « Je me demande si la Terre, ici dans le Pays, n'a pas commencé à ralentir sa rotation. Ce qui expliquerait. »

Elle n'avait plus rien dit depuis la défaite d'Oregon et comme il ne reprenait pas, d'apparence perdu dans des songes du temps, elle lui dit, douce : « Encore. » Il la regarda, et « Wovoka ». Et elle : « Comment ? » Et lui : « Wovoka. »

Puis : « J'ai toujours su que je l'évoquerai pour vous, quand je l'évoque tellement pour moi. Un berger qui se révélera prophète, vers 1890, chez les Indiens Paiutes de l'Arizona. Nous avons beaucoup de chance par rapport à lui et ce déséquilibre souvent me gêne. Il a cru bon d'annoncer la défaite et la fuite des Blancs alors qu'ils pullulaient depuis presque trois siècles déjà au Nouveau Monde, le retour des bisons alors que, d'un fabuleux troupeau de 70 millions de têtes l'année même de la découverte de l'Amérique, ils n'étaient plus que quelques milliers de survivants à son époque, la renaissance de la prairie des Grandes Plaines de l'Ouest alors que, arrachée l'herbe originelle, l'agriculture florissait, la résurrection des Indiens morts alors que, morts depuis trop longtemps, deux siècles et demi pour nombre d'entre eux, il eût fallu à Wovoka, pour réussir, la grâce d'une exceptionnelle médecine... Notre chance, voyez-vous, c'est ce pays neuf ici, je dis neuf alors que, en partie hors du temps, il échappe aux catégories du nouveau et de l'ancien, notre chance par rapport à Wovoka, le berger paiute, c'est que nous n'avons pas, nous — et l'enfant n'aura pas, elle non plus, par bonheur... —, à considérer une Histoire, et donc un passif, impitoyables et insurmontables à l'époque de Wovoka. » Il s'arrêtait, levait les yeux, portait loin son regard et retrouvait, fantôme qui avait voulu recharner les fantômes, mort qui avait tenté de ressusciter les morts, Wovoka, l'un des noms, l'un des visages, l'un des destins en lui les plus chargés d'images et d'émotions et que sa bibliothèque évoquait, comme Wegener, par des dizaines de livres.

Faustine, silencieuse.

Oregon : « Pour lui, en hommage à lui, en célébration de lui, je vais introduire le bison dans le Pays. »

Oregon aimait Wovoka comme un frère, pensait souvent à lui, avec affection, avec tendresse, avec tristesse, Wovoka c'était lui Oregon dans un autre siècle et dans l'accablement d'une sale Histoire. Il lui avait allongé son nom et l'appelait Wovoka Pas-de-Chance (en américain : No Lucky Wovoka), patronyme qu'il proposait à ses correspondants-historiens du Nouveau Monde. Le Paiute illustrait le côté hasardeux, arbitraire et, à la fin, inacceptable des destins : pourquoi Wovoka dans les années 1880 et dans les Grandes Plaines, pourquoi moi, Oregon, en cette fin de millénaire un siècle plus tard ici et pourquoi pas le contraire, moi qui tente, prophète, de soulever, à la fin du siècle dernier, les Indiens, Wovoka qui, à la fin de mon siècle à moi, découvre le Pays ?

Faustine, silencieuse.

Oregon : « Il est mort en 1932. Vous rendez-vous compte : hier. Je lui tends souvent la main, il la saisit, la garde un moment, tout le temps que je l'observe et que nous parlons. Je le connaissais d'avant mon arrivée dans le Pays, bien avant, mais il n'a jamais été aussi présent en moi et autour de moi que depuis ma vie ici. Comme s'il préparait sa résurrection à lui... Ne riez pas et voyez : sa main qu'il me tend, je la prends, je la tire et Wovoka se dresse, comme il l'a tant attendu et cru des Indiens... »

Le grondement l'arracha à Wovoka.

Refaire une fois encore surface lui prit du temps une fois encore mais il eut la force de se secouer et proposa à Faustine de l'accompagner jusqu'à l'hélicoptère.

« Ne vous dérangez pas. »

Il la regarda, déconcerté, meurtri.

Du fond de sa détresse, cette question qu'il aurait refoulée, au risque de se faire mal, s'il eût senti qu'elle allait sortir de lui. Elle lui échappa : « Reviendrez-vous ? »

Les pales tournaient, le rotor sifflait, elle paraissait ne rien voir, ne rien entendre, Faustine ailleurs mais où ? Et comme ils se tenaient tous deux sans bouger, à 3 mètres l'un de l'autre, figés, longtemps figés, Martin, qui les épiait, crut bon de couper les gaz. Faustine lançait loin, jusqu'aux confins, de longs regards, puis de rapides sur Oregon, Faustine tout enveloppée d'une douce, émouvante lumière, si belle Faustine qu'Oregon, qui sentait les larmes lui venir : « Vous reverrai-je ? », dans un murmure.

« Bien sûr. Ce n'est pas pays où vivre toute sa vie mais, aujourd'hui, il me manquerait. » Un grand élan le poussa vers elle, qu'elle ne devina pas, déjà face à l'appareil et tout près de lui. Il le réprima. Puis, comme Martin de l'intérieur se courbait pour l'aider à monter : « Vous semblez oublier l'enfant », lui cria-t-elle.

Chaussée de bottes, elle portait une longue jupe en peau, façon indienne, avec un alignement de boutons sur le devant au milieu de ses jambes et comme elle posait un pied, vive et souple, à l'intérieur de l'appareil, la jupe s'ouvrit, qu'elle ne sut pas ramener, ses mains l'une dans la main de Martin et l'autre qui agrippait la porte, tout le spectacle pour le pilote et Oregon, la douleur.

L'hélicoptère n'avait pas décollé qu'il prenait, lent, le chemin du retour et le bruit dans le ciel décrut puis mourut sans qu'il eût tourné la tête une seule fois.

Il avait oublié de baptiser celui qui semblait l'attendre dans son bureau et se dressait comme il entrait : le chat, une chatte, à la seconde appelée Chat.

La queue en éventail, façon écureuil, elle promenait au-dessus d'elle la palme de l'arbre voyageur. Se penchant pour la caresser, il découvrit sa maigreur, que l'ample fourrure dissimulait. Sans doute venait-elle, comme lui naguère ou il y avait longtemps, de Gésir et avait-elle passé la frontière après la traversée de l'enfer. Sur sa fourrure couleur paille, qui lui donnait l'apparence d'un lièvre, elle offrait un collier noir et, noirs aussi, des bracelets se succédaient le long de ses pattes. Deux barres verticales traversaient chaque côté de sa tête, parallèles comme sur les joues des Indiens des Plaines qui se préparent à la fête. Somptueux. Il lui parlait doucement, dans cette même langue qui allait aux hommes, aux femmes, sans doute aussi aux enfants, aux juments à coup sûr et qui, par la façon dont elle est reçue, est bien langue humaine, langue jument, langue chat, fantastique métamorphose et adaptation car Chat écoutait, ses yeux d'agate jaune dilatés aux pupilles tour à tour pleines, réduites à leur moitié, à une fente, pour retourner à leur rondeur, succession sur un mode accéléré selon le même phénomène qui régit la lune de pleine à demi et à quart et encore à pleine, comparaison qui le rendait fou de bonheur, là-haut avec Chat dans la constellation du Chat, d'où ils redescendirent, Oregon toujours lui parlant, doux et doucement et, à un moment du discours, Chat à son tour le fixa de ses yeux, Oregon devinant qu'elle était tout entière (sans doute tout entière...) tendue dans l'effort qu'elle accomplissait pour le comprendre et passer de la langue chat à la langue homme, Oregon le cœur qui lui bat comme lorsqu'il guette le moment où le temps va s'arrêter et cette fiévreuse, tumultueuse pensée en lui : « Va-t-elle sauter le pas... ? » mais alors quelque chose qui relevait de l'ombre et d'une fatale distraction monta dans les yeux de la bête, qui se voilèrent un peu et elle détourna la tête à ce moment précis où, Oregon en était sûr, eût-elle continué à le regarder avec cette force, elle aurait basculé dans l'humain : là, chat encore et à jamais, par grand bonheur, elle recevait l'entendement d'Oregon et lui, celui de Chat...

Passé.

Il se releva. Du côté où il était, qui n'était pas celui des chats, il ne cesserait jamais d'espérer Chat, de l'attendre, de la provoquer par ses armes à lui, qui étaient les mots de l'amour qu'il lui portait et qu'il lui donnerait sans cesse plus en nombre, avec les monologues qu'il lui adresserait, toujours et toujours à genoux, à sa hauteur à elle. Raté, sans doute. Raté, une fois encore, mais il avait l'habitude.

Le chat, le temps, même combat.

« C'est le bonheur... C'est le bonheur. »

Peut-être les choses, malgré la croûte et les failles et les plaques, n'avaient-elles pas mal tourné avec le monde, mais avec les hommes.

Il les prenait à sa table de travail, très haut, très loin, mais non sans avoir poussé encore plus haut et plus loin, jusqu'à cent millions d'années où, heureux, il regardait surgir, ramper, glisser, bondir, courir, voler, nager, sauter, à travers tout le tertiaire, les animaux, déjà dans leur image moderne, déjà Appaloosa, les Pataud, Chat, Gorge Rouge... Avec eux, aucune crainte, inutiles les soupçons : pour rien, les animaux, dans le déraillement et le dévoiement de la planète. Innocents. Il passait en revue autant d'espèces et d'individus que sa mémoire lui en fournissait, chaque bête dans l'exubérance en suscitant une autre et quand les évocations perdaient de leur vif, il cherchait dans les livres, trouvait les textes et les images qui lui fouettaient l'imaginaire. Puis il descendait, l'esprit armé, méfiant, aux aguets, franchissait sans encombre la frontière du tertiaire au quaternaire, rencontrait les premiers singes, les suivait de loin — pas de si loin qu'il ne les vît, de millions d'années en millions d'années, petit à petit se dresser, se redresser, du Ramapithèque à l'Homo erectus. De l'un à l'autre Oregon menait son plus long voyage dans le temps, où, en écoutant la Rift Valley s'effondrer, il marquait une halte à toutes les époques de l'humanité. Le passage qui lui coûtait le plus : celui, il y a deux millions d'années, des Australopithèques à l'Homo habilis. A cause de Lucy, la future grand-mère de Salicorne, Salicorne la future petite-fille de Lucy. Pas encore au monde, Salicorne, et déjà marquée par un deuil ! On ne s'en sortirait jamais. Difficile de recommencer la condition humaine, d'évidence. La vouloir en mieux n'aidait pas beaucoup. Restait que, Salicorne voyant le jour au Pays, on pouvait espérer que les Australopithèques ne pèseraient pas sur elle. Peut-être la régénération absolue ne s'accomplirait-elle qu'avec l'enfant, né(e) dans le Pays, qu'aurait Salicorne ? Oui, mais avec qui le ferait-elle ? Et celui-là, le fils de qui ? Qui son père et qui sa mère ? Oregon devinait qu'il n'échapperait pas à de graves questions. Quand ? Demain. Il sursauta. Il avait dit : demain. L'un des mots les plus horribles, les plus révoltants, qui venait de sortir de lui par traîtrise. Le Pays l'aidait à bannir de son vocabulaire les mots qui font des êtres les esclaves du temps : à bientôt, un autre jour, hier, aujourd'hui, demain... Tant d'autres. Reste que les pires avaient l'art de déjouer les meilleures défenses. Pas de demain, au Pays. Salicorne ne vieillirait jamais.

Emergeant du cauchemar où le plongeait la vision d'une Salicorne grandie, marquée, au demeurant inimaginable à ce stade, il remontait vers les quatre Homo : l'habilis, l'erectus, le sapiens, le sapiens sapiens. Moi, Oregon, sapiens sapiens. D'une lignée vieille de deux cent mille ans. Il ne s'y faisait pas. Justement, son malaise était peut-être un signe. Les choses avaient-elles mal tourné lors du passage de l'Australopithèque à l'Homo habilis ? Plus près, de l'Homo sapiens au sapiens sapiens ? Peut-être l'Homo erectus avait-il tout gâché en quittant, voilà deux millions d'années, son berceau africain ? Oregon accordait beaucoup d'intérêt à la thèse de Heinshon, selon laquelle toutes les mutations humaines résultent de chocs génétiques provoqués par des catastrophes majeures. Il en comptait cinq sur cette planète mal foutue et dangereuse où la dérive génétique s'ajoutait donc à celle des continents. A l'occasion de l'une de ces catastrophes, par exemple la chute d'un astéroïde avec effet dévastateur comparable à celui qui provoqua l'éradication des dinosaures, le mal s'introduit dans la condition humaine...

Le mal par une espèce de piqûre planétaire dans les veines qui, des hommes, change la nature du sang, la nature de l'âme...

Pas mal. Séduisant. Plausible. L'inoculation. Mais les preuves ?

Il levait la tête de ses livres, de ses notes, songeait à son monde, assemblait son troupeau : Appaloosa, Faustine, les Pataud, Chat, Gorge Rouge, selon la chronologie de leur arrivée dans le Pays, et Salicorne. A venir, elle. Pourvu que Faustine ne lui donnât pas naissance là-bas, dans l'Ancien Monde ! Conçue au Pays, elle était porteuse d'éléments inconnus, imprévisibles, qui peut-être supporteraient mal une exposition hors des frontières. Il prenait peur : si Faustine ne revenait pas à temps ?

Alors il se levait, regardait le ciel, écoutait dans le ciel, ne découvrait rien, n'entendait rien, sellait Appaloosa et partait, avec tout son appareil, pour une expédition de baptême dont il revenait un peu apaisé son délire taxonomique, un peu plus remplis les cahiers, et le malheur du monde sans doute un peu plus défait ou, en tout cas, contenu.

Elargi le champ de son recensement, il en était à 250 sortes de mousses et 450 types de lichens sur les seules rives montagneuses des 7 lacs du Pays. Oregon le nouveau Linné. Au bord de l'un d'eux, sa trouvaille, une fois, de sanguisorbes carmin et, comme il traversait Ylang-Ylang, un aigle royal l'avait suivi.

Il avait fermé les yeux pour les reposer d'un long travail de lecture, d'écriture, il les rouvrit juste au moment où ils s'enfuyaient, les Pataud, Chat, Gorge Rouge — et Oregon en conclut qu'ils avaient tous quatre l'ouïe plus fine que la sienne : l'hélicoptère. Faustine. Il se rua en direction de Lieu de Décharge et il avait couru la moitié du chemin quand il prit conscience de la conduite bizarre de l'appareil — il semblait, immobile, bourdonnant, ne pas devoir se poser. En effet, un câble descendait, avec son paquet au bout. Comme Oregon, arrivé à la verticale de l'engin, malgré lui levait la tête, il distingua Martin, qui lui adressait des signes. De sympathie, sans doute. Il avait accompli le voyage selon les termes du contrat et, mission remplie, reprenait de la hauteur et mettait le cap sur les hautes montagnes du Nord.

Oregon, son lourd paquet qu'il traînait à bout de bras, reprit, lent, absent, le chemin de la maison.

Il inspecta le contenu. Rien de Faustine.

« C'est le bonheur... C'est le bonheur. » Le couple, qui passait, suité de Gorge Rouge.

Il feuilletait, l'esprit ailleurs, les journaux, les revues, après le classement des lettres, quand une photo lui donna, dans l'horreur, le sentiment que des hommes n'avaient plus tout à fait le droit de vivre : sur la terre brûlée d'un terrain vague jonché de détritus, un enfant soudanais, quatre ou cinq ans, ventre et face contre terre, bras squelettiques et ailleurs les os saillants, sans doute victime, là, d'un malaise et, derrière lui, décidé à patienter, immobile, mortel, un vautour.

Il découpa la photo, qu'il se proposait de confier à Martin pour qu'il la fasse encadrer et, quand il la lui rendrait, pour vivre toujours avec elle et ne jamais oublier le monde abominable, le bonheur du Pays.

Comment faire venir, ici, cet enfant-là ?

Il se disait : avec l'enfant là-bas, dans cet état, le Pays peut-il exister ? Continuer à exister ? En a-t-il le droit ? De l'enfant quelque chose d'épouvantable ne va-t-il pas s'en venir jusqu'ici ?

Il tournait les pages et lisait : « Le lac Tchad est en voie de disparition » ; « La tragédie qui frappe les riverains de la mer Caspienne », où il apprenait que, dans dix ans, des millions de gens devraient être évacués, à cause des eaux qui montaient dans cette mer fermée, au destin inexorable ; « Au Cameroun les bombes à retardement des lacs tueurs », pleins de gaz mortels ; « Alerte au choc cosmique », avec, en sous-titre : la comète qui va percuter Jupiter pourrait bouleverser la planète ; « Attention, chute de météorites », « Alerte au satellite fou » et il allait du mitage de la couche d'ozone à l'hiver nucléaire, à une seizième chute de météorites dans le Sahara, à un astéroïde d'un milliard de tonnes qui fonçait à 20 km/seconde... Ces nouvelles, sur quinze jours de journaux, certes — mais quand même et encore ne retenait-il pas tout.

Ce qui le frappait, surtout : les satellites. Il en pleuvait 3 600 là-haut, dans le nuage de Oort, au-delà de Pluton, toute une ferraille spatiale qui menaçait, fragments, derniers étages de lanceurs à moins de 200 kilomètres du sol, 3 000 tonnes d'ordures spatiales, débris plongeant vers l'atmosphère, 7 000 gros objets en orbite, 400 000 autres de plus d'un kilomètre de diamètre se baladant dans le système solaire, 23 000 satellites lancés depuis 1957 mais, pour un autre journal, seulement 3 600 civils ou militaires, les uns des sondes automatiques, les autres des vaisseaux ou des stations habitées et il existait, en outre, 100 millions d'astéroïdes de quelque 20 mètres de diamètre susceptibles de percuter la Terre, 300 000 de plus de 100 mètres de diamètre, plus percutants encore.

« Pourquoi lisez-vous tous ces journaux ? » avait demandé Faustine. Srupeur d'Oregon. « Mais… pour savoir. » Ils en étaient restés là.

Il lui arrivait de s'éprouver las des tortues de Floride qui, importées en Europe, menaçaient les européennes de disparition, las des conifères du Grand Nord canadien agressés par l'invasion des feuillus remontant vers l'Arctique jusqu'à la toundra et, dès lors, en recul, las de l'érismature à tête rousse, un américain, plus vigoureux que l'érismature à tête blanche, un européen, celui-là provoquant l'extinction de celui-ci — victimes les uns, bourreaux les autres et les uns et les autres souvent les deux —, si las de la grande plainte ininterrompue du monde, partout.

Quand il lisait ici : « En un siècle, le XXe, nous aurons connu une grande crise d'extinction, comme celle du crétacé, qui vit la disparition des dinosaures bien sûr, mais aussi des quatre cinquièmes des espèces vivantes » et là : « La majeure partie des 1,4 million d'espèces décrites à ce jour (360 000 plantes et micro-organismes, 900 000 invertébrés, 45 000 vertébrés), dont plus de la moitié vivent dans les forêts tropicales humides, est aujourd'hui en voie d'appauvrissement ou de disparition, à une vitesse estimée de mille à dix mille fois supérieure à celle des grandes périodes d'extinction », chaque journal l'écho de l'autre, avec les mêmes mots, le deuxième amplifiant, dramatisant le premier, alors Oregon cédait à l'impulsion majeure : on efface tout (tout ce qui reste à effacer) et on recommence : « Pourquoi attendre davantage, pourquoi cette mort à petit feu ? » et il versait dans l'idée, l'image de l'apocalypse : une mort propre et foudroyante par astéroïde, un seul là-haut autour du soleil, entre Mars et Jupiter, mais de 1 000 kilomètres de diamètre qui, raviné et descendu par la mitraille stellaire, heurtait la Terre, la broyait, l'émiettait et, pour en finir, la pulvérisait.

La sixième catastrophe, après les cinq de Heinshon.

Le monde partout un monde de cendres, comme à Manille après le réveil du Pinatubo.

« C'est le bonheur... C'est le bonheur » — deux ombres à la queue leu leu, qui clopinaient devant lui, à contre-jour.

Oui, mais où le bonheur ? et il passait à la correspondance.

La lettre qu'il attendait avec le plus d'impatience : celle d'un Indien Zoqué. Les Zoqués ? Ils descendent des Olmèques, révélation qui l'enflamma. Il avait trouvé mention de ce garde forestier dans une revue américaine et voilà que le Zoqué lui répondait. Les Zoqués, les Olmèques ! Il vivait à la lisière de la forêt des Chimalapas, près des montagnes et des vallées de l'isthme de Tehuantepec, dans l'Etat d'Oaxaca, sud-est du Mexique. Cartes. Là. Long arrêt-images. La revue disait que dans les Chimalapas, sur un seul versant de montagne, on trouvait plus de variétés d'arbres que sur toute la surface des Etats-Unis d'Amérique et du Canada réunis et que, dans cette forêt aussi, vivait la moitié des espèces recensées d'oiseaux tropicaux dans le monde, soit 600 sur 1 200. Epoustouflant. Incroyable. Oregon à Ángel Hernández, le Zoqué : vrai ? Depuis il avait attendu la lettre, le cœur battant à la pensée-images des Chimalapas. Vrai. Le Zoqué révélait, en outre, qu'elles abritaient le quetzal, oiseaux fameux dont Moctezuma, le dernier empereur aztèque, s'ornait la coiffe des grandes plumes vertes. Soufflé, Oregon. L'un des rares oiseaux des mythologies qui fréquentent aussi l'Histoire. Un moment, le Pays, sans quetzal, lui parut manquer de quelque chose. Il méditait une deuxième lettre au Zoqué, où il lui révélerait (c'était bien son tour...), non sans prudence, non sans manières, en style plutôt allusif, le Pays, le miracle, la merveille d'un espace sans hommes et avec moins de temps qu'ailleurs — mais, aussi, sans quetzal. Oregon invitait chez lui Angel Hernandez, peut-être un amoureux des voyages, pourvu qu'il s'en vînt avec un couple de quetzals.

« C'est le bonheur... C'est le bonheur » et Oregon, levant les yeux, découvrait que Gorge Rouge, sous les yeux de Chat, qui ne bronchait pas, feignait de courser les Pataud, eux si patauds, elle si vive...

La suivante lui parvenait de Sibérie, de la ville de Bouriato, près du lac Baïkal. Son correspondant lui confirmait l'existence, dans les eaux sibériennes du lac, de phoques d'eau douce, des nerpas, qu'Oregon envisagea sur-le-champ d'introduire dans le Pays, puisqu'ils étaient, comme les quetzals mexicains, menacés —, de même qu'un corégone et Oregon, lisant qu'il pouvait être originaire de l'océan Glacial, avait versé dans un long délire avec surfaces d'eaux interminables, espaces sans fin, grands froids, ours blancs, banquises et harfangs des neiges. Son rêve : plonger trois corégones dans les eaux de la Washita ou du Pernambouc. Le Pays devait servir à ça : au vocabulaire, aux espèces animales, aux plantes, à tout ce que la souillure affectait ou la mort menaçait — en attendant, peut-être, les hommes...

A cette perspective, Oregon soucieux.

Il repousse les hommes.

D'ailleurs, à propos de la Russie, qu'il connaissait si bien, par les cartes, et depuis que sur la sienne il avait porté la Nouvelle Russie de Grandes Duchesses, Ekaterinbourg et Tsarévitch, il se disait que la Tchétchénie et la mer de Kara et encore la Bouriatie et Krasnoïarsk, la Yakoutie, la mer d'Okhotsk et le Kamtchatka auraient été bien plus heureux ici dans ce pays oublié des cartes et des cadastres que là-bas, menacés qu'ils étaient par la pollution, les déchets atomiques, les têtes nucléaires, les explosions d'arsenaux, la fuite de matières radioactives, l'anarchie dans les êtres et peut-être aussi dans les choses — et il les annexa.

« C'est le bonheur... C'est le bonheur... »

Il reprit l'antienne et la leur renvoya, heureux.

Il venait d'agrandir le Pays.

Les troisième et quatrième lettres venaient l'une de Tunisie, son auteur le conservateur du parc national de Bou Hedma, l'autre de Guyane et sur le cachet Oregon lisait et relisait, pour le bonheur de fantasmer, Gran-Santi-Papaichton. Quel nom ! De quoi (de qui) s'agissait-il ? De gazelles dorcas et Mhorr, de pintades de Namidie (vouées, dans le Pays, à la

Numidie, bien sûr, portée sur la carte et égrainée lors de la première journée), d'addax et d'oryx : voilà pour la lettre tunisienne ; la guyanaise tentait, avec beaucoup de gentillesse et de vraie science, de répondre à la grande curiosité qu'Oregon manifestait à propos de l'hoatzin huppé, un opisthocomidé et, à lui seul, toute une famille zoologique. Incroyable. Fabuleux. Oregon les yeux fous d'imaginer, de regarder l'hoatzin huppé, toute une famille... Il se répétait : « Toute une... » Difficile, au demeurant, l'oiseau. Il ne se nourrissait que des feuilles de moucous-moucous. Le correspondant, minutieux, décrivait les plantes. Oregon ne se rappelait pas avoir rien vu de semblable. Il doutait d'ailleurs de la présence de moucous-moucous dans le Pays. Avant toute chose, lui demander des graines. On verrait après pour l'oiseau. Protégé, pas protégé ? Dans le premier cas, comment obtenir l'exportation de l'hoatzin huppé, entre autres ?

Il élaborait un plan qui lui permettrait, dans la discrétion, sans se faire remarquer, hors de toute croisade, de sauver les créatures en danger de mort dans les paradis perdus, le cagou, le pigeon soyeux et cette merveille de perruche, la nymphette cornue, en Nouvelle-Calédonie à l'agonie ; tout le problème consistait à tenir secrète l'existence du Pays. A le raconter, le peindre et le célébrer sans exciter la convoitise.

Il avait à présent ouvert toutes les enveloppes et lu toutes les lettres. Rien de son Brésilien, un fou de psittacidés qui, dans une contrée de ríos en forêt tropicale, s'efforçait de protéger les dernières amazones à joues bleues et les derniers aras glauques. Oregon lui avait demandé des œufs et il attendait que l'autre lui répondît oui pour imaginer un stratagème et le moyen de les transporter, de les convoyer comme d'un chargement d'or.

La rumeur selon laquelle, disparu depuis le XVIIIe siècle, le moa venait, en Nouvelle-Zélande, de reparaître le trouva incrédule, le plongea loin dans la stupéfaction. Il savait l'article du journal par cœur. A la fin, il choisit d'y croire. Le moa, tellement fait pour le Pays. A moi le moa.

Avec le cheval de Przewalski, le râle d'Aldabra, le toc-toc des Seychelles, le bec-en-sabot des marais de la Zambie, le rhinocéros noir, le pélican frisé du Danube, la grande outarde, l'émeu (à ne pas confondre avec le moa), le sonneur à ventre de feu, toutes les espèces de zèbres et le tamarin à crinière dorée — tous ceux qui n'étaient plus qu'une maigre troupe, ou deux, ou seulement quelqu'un, et donc seul, se rencontraient dans le Pays, se côtoyaient, s'aimaient, se reproduisaient, même les presque perdus à jamais de l'espèce presque perdue à jamais, mâle ou femelle, dans le désespoir d'un monde sans conjoint, qui trouvait dans le Pays celui ou celle qui lui manquait. Oregon : « Faites-moi confiance. »

Il regardait, vingt fois par jour, les fleurs de ses guzmanias qui, partout ailleurs que dans le Pays, ne vivaient leur vie de fleur qu'une nuit et, sous ses yeux, tiendraient, odorantes et blanches, l'éternité.

D'un garde-chasse d'une réserve au Botswana, il voulait espérer un lycaon et d'un universitaire américain le satyre de Mitchell, abondant dans l'Ohio et le

Maryland, à présent en toutes petites colonies dans le Michigan, la Caroline du Sud. Pauvre papillon. Il y avait aussi un dernier arbre. S'ils s'étaient encore parlé, l'Oregon du dedans et lui, il lui aurait dit, stupéfait, malheureux, ébloui : un dernier arbre... Tu te rends compte — et l'autre lui aurait répondu, en un riche écho. De la famille du cacaoyer, seul au monde dans la forêt de Magenta, à l'île Maurice. Le dernier dombeya, comme le dernier des Mohicans. Avec un pollen qui ne lui servait plus à rien, faute de plant femelle. Le *Dombeya Mauritania* devait souffrir du même mal double qui avait frappé Oregon, quand Faustine n'existait pas. Dur.

Des œufs, des graines, des cocons, des pollens — encore et encore.

Si le pouvoir régénérateur du Pays était bien ce qu'il en éprouvait, pourquoi pas le retour, échappés de la mort qui les tenait les uns depuis des siècles, les autres depuis des décennies, depuis hier les derniers disparus, de l'ectopiste migrateur, du grand pingouin, du dodo, de l'arbre de fer, du veloutier arborescent et de la liane de jade ? Oregon, avec des tremblements de créateur halluciné, les voyait surgir ou germer ou pousser de rien et du néant, dans le riche grouillement du temps décomposé.

« Vous travaillez trop. »

La surprise le retint assis, paralysé. Il se leva avec peine. Pourquoi n'avait-il rien entendu ? Sans doute Martin s'était-il posé avant Lieu de Décharge, à sa demande à elle, peut-être par jeu et elle s'en était venue à pied, de plus loin que d'habitude, pour le surprendre. Elle souriait, énigmatique, d'apparence contente.

Faustine portait une jupe en lin à rayures bayadère, ample, coupée en biais, avec un bustier brodé de coton à larges bretelles dans les tons de la jupe, bleu, brique, corail. Des ballerines la chaussaient. Il venait de la regarder toute, en un voyage de ses yeux à ses pieds et, comme il remontait, le bombement du ventre l'arrêta et il s'émut.

« Que vous a dit le médecin ?

— Que tout va bien.

— Vous a-t-il interdit de monter à cheval ?

— Je n'en ai pas envie. »

Ils gagnèrent la varangue et Oregon découvrit Martin qui, à bonne distance encore, portait sur la tête, en le tenant à deux mains, un gros paquet et Faustine : « Le moïse. C'est bien de vous d'avoir dit moïse pour berceau. Martin a dû faire trois magasins à Carabagne avant d'arriver à se faire comprendre. »

Il aurait voulu lui parler d'elle, lui poser des questions mais il ne les trouvait pas. Ils se tenaient l'un en face de l'autre, embarrassés comme des étrangers. Puis quelque chose passa en lui, qui le détendit et il parut à Oregon que la chose passait en elle aussi. Il s'approcha, la prit par la taille, avec douceur, lui chuchota et, après que d'un mouvement de tête elle eut acquiescé, il la précéda, impatient, dans l'attente nerveuse du long cri de louve la nuit qu'il savait qu'elle pousserait, le bouleversant, sous la lune froide, voyageuse et pressée et lui de plonger à la seconde dans la meute, courant, haletant, couinant, gémissant, ses yeux ouverts sur des paysages impalpables et le cœur qui lui battait, toute sa force concentrée pour qu'il restât en tête de la meute et de sa louve, dont à son sentiment il s'écartait toujours trop vite, secoué, défait, épuisé…

Il était dans une chambre à coucher d'*Autant en emporte le vent*, sur le lit à colonnes en bois sombre, dans un univers de draps vaporeux, blancs et froissés et, de sa main droite, redécouvrait le bombement.

Assis à sa table, il entendit le cri. Comme il se ruait dehors, les bras chargés de linges dégringolés des piles où il avait plongé les deux mains, un second lui parvint, moins fort, plus proche du soupir et, sur le point de presser encore plus sa course, il s'arrêta, incrédule : vers l'endroit d'où il paraissait que les appels étaient montés se hâtaient les Pataud, jamais sans doute aussi rapides qu'à ce moment, Gorge Rouge qui, par de courts vols répétés, suppléait à la modestie de ses pattes, Chat de bond en bond, tous quatre à différents endroits de la piste, qu'une tortue encore jamais vue prenait à cet instant et dont Appaloosa avait achevé le parcours. Elle se tenait, là-bas, immobile, la robe frémissante et la tête penchée vers le sol. Avant même d'écarter les hautes herbes, Oregon savait : Salicorne venait de naître. Salicorne parce qu'il ne doutait pas que ce fût elle entre les genoux de Faustine, qui avait dû se reculer un peu, Salicorne une toute petite chose qu'il se fût attendu à voir pleurer, à entendre crier mais elle ne disait rien, pas plus que ne s'était manifestée Faustine, avant les cris, surprise sur la piste, pensait-il à toute vitesse, par les premières douleurs. Elle ne se plaignait pas plus, là, qu'elle n'avait appelé avant la délivrance. Faustine transpirante et haletante. Il se pencha pour l'embrasser, intimidé, et lui passa un linge sur le visage. Quand il se releva : « Prenez l'enfant et coupez le cordon », murmura-t-elle. Oregon sentait tous les regards sur lui : Faustine, Chat, les Pataud, Gorge Rouge, Appaloosa et, bientôt là, mais encore à 20 mètres sur la piste, la tortue, qu'il appela Luth. Elle aussi pour regarder s'en venait, ventre à terre, si mobile sa tête grumeleuse qu'elle lançait et rétractait, relançait comme une antenne par le vent agitée, qu'Oregon craignit qu'elle ne se déchirât ou se rompît et, d'instinct, serra Salicorne. Qui hurla. Le premier cri d'enfant au Nouveau Nouveau Monde et Oregon, un bonheur fou. De son ciseau à papier il coupa le cordon ombilical, ramassa le placenta, en fit deux parts, qu'il enveloppa, déposa l'enfant, qu'il avait tenue serrée contre lui pendant toute l'opération, entendit Faustine lui dire : « C'est une fille », qu'il avait toujours su, et se hâta vers le séquoia et le cyprès où il creusa, au pied de chacun d'eux, un trou. Il enfouit un paquet, puis l'autre. Sa conduite était délibérée. Voilà longtemps qu'il imaginait l'enfant, par des milliers de vignettes heureuses. Salicorne venait, par son père, de déclarer son attachement à la terre et Oregon ne doutait pas qu'elle serait toujours, au Nouveau Nouveau Monde, protégée par les deux arbres qui évoquaient l'un l'Ancien et l'autre le Nouveau.

Il avait creusé avec frénésie. La terre redisposée, il

se hâta de revenir. Luth avait enfin rejoint les autres. Ils se tenaient tous en cercle autour de Faustine et de Salicorne, tous silencieux, immobiles, sauf de chacun la tête qui se levait, s'abaissait, se relevait, et allait de l'homme à la mère et à l'enfant. Une ombre ne cessait de les caresser, si rapide que se fût-elle posée sur eux une fois seulement sans doute Oregon ne l'aurait-il pas remarquée mais elle revenait à intervalles, légère, furtive, dans la lumière qu'elle retenait un bref instant. Levant la tête, Oregon reconnut, dans le ciel et le vent où il plongeait, puissant, exubérant, cet aigle royal qui, comme il traversait Ylang-Ylang, dans la région aux sept lacs, l'avait suivi.

Il se pencha, reprit Salicorne et, pour la première fois, regarda. Mais, n'est-ce pas, il avait toujours su. Une fille. Ma fille.

Puis, à Faustine : « Je vous porte ? » Elle acquiesça. Il la souleva, doux, précautionneux, et ils s'en allèrent, lents, tous derrière Appaloosa qui, ouvrant la marche, couchait pour eux les hautes herbes, tous à la queue leu leu, Luth en serre-file.

Faustine finit par obtenir d'Oregon qu'il demandât à Air-Hélico une révision du contrat, destinée à augmenter les rotations de l'appareil. Il avait commencé par lui résister, ne se résignant que lorsque Faustine eut évoqué le suivi médical, comme elle disait, indispensable à l'enfant. Elle voulait six voyages, il en concédait trois, ils aboutirent à cinq.

Plus du double du nombre enregistré dans le contrat initial ! Abattu, Oregon. D'autant que dans l'âpre discussion il n'avait pas supporté que Faustine à plusieurs reprises parlât de « l'hélico ». Lui : « Vous faites mal aux mots. » Elle : « Comment dites-vous ? » et lui : « Mal aux mots. » Elle ne comprenait toujours pas. A vrai dire elle ne leur accordait pas d'attention, ou peu, bien trop peu et Oregon se rappelait que, lors de leur première rencontre, quand ils avaient passé toute la nuit attablés, acharné, lui, à la convaincre de le suivre et elle songeuse, séduite, préoccupée quand même — « le plus long monologue que j'aie jamais adressé à une femme », avait-il dit à l'Oregon du dedans sans se rendre compte sur-le-champ que l'autre ne l'écoutait plus —, elle malmenait les mots mais, tout occupé à la séduire, comment aurait-il pu lui en adresser la remarque ? Or là, en s'efforçant à la douceur : « Il y a longtemps que je veux vous en parler. Je viens de vous entendre dire véto, gynéco, hosto, resto et dans pas longtemps vous proposerez à Salicorne d'aller voir des hippos dans un zoo alors que vous devriez... » — et elle debout et pâle, hors d'elle, des fulgurances meurtrières dans les yeux : « Je sais. Ne vous donnez pas le ridicule de rallonger ce que j'abrège. Vous n'êtes qu'un vieux con » — et elle était sortie.

Il avait continué, à mi-voix : « Je vous en supplie. Ne les estropiez plus. Bon pour Martin, mais pas pour vous. Un mot souffre quand on le diminue, quand on l'ampute, de la même façon qu'un arbre, un être humain, un animal. Vous coupez la queue des mots et leur infligez une misérable prothèse. Je ne les reconnais plus. C'est comme si vous dépossédiez un paon de sa queue, justement, une mariée de sa traîne, un train de ses wagons, un vaisseau de son sillage, un homme ou une femme de ses jambes... » Faustine retrouvée plus tard, elle n'avait pas encore dominé sa colère ni cicatrisé la blessure de son orgueil giflé, de sorte qu'il ne pouvait que lui promettre — « Sinon je pars pour toujours » — que Martin passerait à cinq rotations.

Abominable.

Petit à petit, il revenait malgré lui à une perception du temps. Elle lui répugnait. La faute à Martin, à la régularité et, surtout, à la fréquence de ses apparitions. Quand elle était à la maison, Faustine se référait toujours à l'hélicoptère dont les allées et venues, la projection de son arrivée prochaine semblaient battre son temps à elle, inexorable, implacable et fatal comme un mouvement d'horloge et le balancier d'un cartel. Par bonheur, ce sentiment s'affaiblissait quand elle partait avec l'hélicoptère, emmenant ou n'emmenant pas Salicorne, dont il s'occupait alors, seul, avec une passion qui l'étonnait lui-même.

« C'est le bonheur... C'est le bonheur... »

Il reprenait encore, pour son bonheur à lui, leur antienne.

Il avait laissé en suspens, depuis sa découverte du Pays, le problème que lui posait la nature inhabitée du Nouveau Nouveau Monde. Il ne put plus l'éviter le jour où Faustine lui demanda comment il comptait s'y prendre et ce qu'il comptait faire, quand Salicorne serait devenue grande — et lui : « Vous avez dit grande ? » et elle : « Oui » — Salicorne grande, donc. Incroyable. Faustine continuait : S'il la pensait vouée à la solitude ? Si elle habiterait toujours, avec son père, et moins souvent sa mère, dans ce pays ? De surcroît, elle ne pouvait que s'attacher aux enfants de son âge, « qu'elle fréquentera forcément quand je l'enverrai à l'école à Carabagne. Oui, à l'école. Avez-vous songé à l'école, vous ? Je connais un instit remarquable ».

Un instit !

Elle le provoquait.

Peut-être n'avait-il jamais pensé à l'école — mais à un éventuel peuplement du Pays, oui. Sa lettre où il proposait d'adopter l'enfant somalien devait être arrivée, à présent. Il demandait un rendez-vous qu'il laissait à la discrétion de son correspondant. Restait que l'enfant somalien exprimait sa générosité, sa pitié, son horreur de la souffrance et de la misère. Autre chose, le peuplement du Pays. Il relevait en quelque sorte de la politique. Une décision difficile à prendre.

Qui, dans le Nouveau Nouveau Monde ? Des Tchouktches, des Evènes, des Iakoutes, des Touvines, peuples petits en nombre et menacés. Là, sur les cartes. Il dépliait les cartes. Là, sur les globes. Tournent les globes. Dans chaque ethnie il en cueillait deux ou trois. En principe, pas de grands problèmes d'adaptation puisqu'il avait déjà arraché à la Russie, pour les porter dans la Nouvelle Russie au Nouveau Nouveau Monde, les pays, menacés par des catastrophes de tous genres, de ces gens du grand froid. Vérification. Oui. En somme, il les ramenait chez eux. Combien ? La question à laquelle il revenait toujours, certes, mais comment faire autrement ? Décision : deux Tchouktches (sur une population totale de 1 500), deux Youghakis (je les oubliais, ceux-là...) sur 1 000, trois Iuits, inévitables, je dirais même indispensables, ces Iuit, l'équivalent sibérien des Inuit de l'Alaska. Ça fait combien ? sept. Sept individus déjà dans ce pays, le Pays, dont la population se montait jusqu'ici à trois personnes — à quatre et si l'on veut et si l'on voulait bien admettre qu'Appaloosa faisait partie intégrante, quasiment biologique, de la famille Oregon.

Sept. Presque le double, d'un seul coup.

Affolant.

S'il devait ignorer, de surcroît, plus bas et toujours en Russie, les Kalmouks, les Tchétchènes, les Ingouches, les Tatars ? A voir. Pas question de méconnaître, en revanche, les Askaninkas de l'Amazonie péruvienne. Les derniers Askaninkas. Presque tous massacrés. Et les peuples du Chiapas ? Les Tzeltals, les Tojolabols, les Chols — pour les Tzotzils, ils étaient en quelque sorte déjà dans leur pays, eux aussi, puisqu'il avait porté, au cours d'un des voyages de baptême, Tzotzil sur la carte du Nouveau Nouveau Monde, du côté de Zapata. Et les Lacandons ? 400. Et les Mayas du Yucatán ?

Après un temps de réflexion, il renonçait à un Samaritain, tout bon qu'Oregon pressentait qu'il fût. Seulement 576 les Samaritains mais heureux là-bas en Cisjordanie.

Une fois résolue la question du nombre, s'il le

pouvait, quelle assurance avait-il que la nostalgie du pays natal ne fondrait pas sur eux ? Un Iakoute malheureux de ne plus vivre à — 73 °C. Un Kazakh s'obstinant à vouloir chasser l'aigle. Chasser l'aigle, dans le Pays ! Le royal. Non et non et non. Un Mongol pleurant sur son Gobi. Les Mongols, peuple du cheval, 400 mots pour seulement qualifier la robe d'une monture. Prodigieux. Admirable. Avoir les mots mongols sans le Mongol.

Qui lui assurait qu'ils ne voudraient pas, s'ils s'assimilaient bien, révéler le Pays et en faire profiter qui une sœur, ou un frère, qui un oncle ? Comment l'empêcher ? Le regroupement familial, Oregon le craignait.

Pas une seule vision de cette petite, toute petite, quasiment minuscule partie de l'humanité qui ne l'emplît d'appréhension. De sérieux ennuis en perspective. Un seul d'entre eux et n'était-ce pas déjà mettre le doigt dans l'engrenage ? Préparer l'écocide comme partout il s'accomplissait dans l'Ancien Monde et dans le Nouveau ? Décidé : ils restaient entre eux, Oregon, Faustine, Appaloosa, les Pataud, Gorge Rouge, Luth, l'aigle royal (lui trouver un nom) et Salicorne. Avec le petit Soudanais à l'insupportable destin, là-bas. Il écrivait une deuxième lettre pour demander son adoption et l'enfant les rejoignait.

Oregon venait de fermer le Pays à l'immigration.

Il ne se déplaçait presque plus vers Lieu de Décharge quand l'insupportable grondement annonçait l'hélicoptère ou bien l'appareil ramenait des paquets, qu'il lui fallait aller chercher, dont Faustine, descendue, l'avertissait. Quand il sellait Appaloosa, et s'il devait prendre la direction du nord, Oregon s'obligeait à un détour pour éviter Lieu de Décharge. Cinq rotations par semaine ! Dans son bureau, ou penché sur le moïse, il se bouchait les oreilles. Faustine partait de plus en plus souvent, prolongeait ses voyages hors le Pays, sauf les rares fois où elle emmenait Salicorne — qu'elle n'appelait pas Salicorne. A l'ordinaire tolérant, Oregon n'aurait pas supporté qu'elle la gardât plus que le temps d'une visite chez le médecin ou le pédiatre et Faustine avait compris que, sur cette question-là, il serait intransigeant. Elle s'en allait quelquefois avec l'enfant et revenait dans les heures suivantes pour repartir seule. « C'est une vie merveilleuse que vous me faites mener, confiait-elle à Oregon. J'ai le sentiment d'être en vacances partout : quand je m'ennuie là-bas, je viens ici, quand je m'ennuie ici, je pars là-bas. »

Lui, voix basse : « On dit *pour* là-bas. »

Il la regardait, médusé : « Vous dites vous ennuyer, ici ? » Elle riait. « Vous ne comprendrez jamais. Les successions du jour et de la nuit me manquent. Il fait trop beau. Je voudrais, de temps en temps, de la pluie, de la neige. Même de la boue. »

Il plongea aussitôt dans *Les Domaines hantés,* de Truman Capote, pour quelques images et quelques pas, sur trois pages, avec cette négresse, Missouri, dont le grand rêve de Sudiste s'incarnait dans la neige, qu'elle n'avait jamais vue et tenait pour la chose la plus extraordinaire au monde.

Il souffrait. Elle reprenait : « Je ne vous l'ai jamais dit encore, mais à présent : c'est trop d'oiseaux. On n'entend qu'eux. Tout le temps. Et je n'ai pas votre passion des perroquets. Cette phrase qu'ils disent, qu'ils répètent, la même toujours et pas toujours à propos il faut bien l'avouer, cette phrase m'insupporte. »

Horrifié, Oregon : « Elle est belle et ils en ont d'autres. » Elle s'éloignait, déjà. Dans le moïse, à l'ombre tantôt du cyprès et tantôt du séquoia où il la portait, sous le ciel à la lumière tiède et filtrée, Salicorne dormait.

« C'est le bonheur... C'est le bonheur. »

Oregon travaillait, comme toujours, à son bureau (« Vous travaillez trop ») quand il éprouva le sentiment d'une situation étrange et leva les yeux. Chat se tenait en face de lui, perchée comme elle aimait, entre deux statuettes kachinas et le corps aussi immobile qu'elles. Le corps, pas la tête, qu'elle tournait à droite, où elle regardait, puis qu'elle ramenait pour le fixer, lui, avant de la déporter de nouveau à droite, manège destiné à attirer son attention, comme il le comprit après cinq ou six scènes et, regardant à son tour dans la direction indiquée par Chat, il découvrit Salicorne. Elle se tenait sur le pas de la porte, timide, intimidée peut-être par la masse de papiers et les piles de livres sur la table et à chaque coup d'œil qu'il lui lançait, elle reculait, pour revenir quand il replongeait dans les papiers, de sorte qu'il se dévissait, lui, pour la débusquer derrière l'huisserie et quand il se replaçait à la verticale, c'est elle qui se penchait pour le voir et se rétractait aussitôt, comme Luth sa tête, un autre manège... Il se leva, s'avança, la prit dans ses bras et la serra — Chat, les yeux mi-clos et hiératique. Une idée soudain lui vint et il se rua.

Il découvrit Faustine, qu'il cherchait, et à son costume devina qu'elle attendait l'hélicoptère. Il se refusait à y croire. Elle portait une chemise d'homme en popeline blanche, avec une jupe en veau velours couleur caramel, frangée, dans le style indien et courte, si courte, avec des mini-bottes assorties à la jupe, ses cheveux attachés en queue de cheval avec un lien souple, vert de la couleur de ses yeux. Il dut convenir qu'il voyait bien ce qu'il voyait et lui dit, déconcerté, douloureux : « Mais vous partez dans cet habit que j'aime tant quand vous montez Appaloosa ! » Elle hocha la tête. Mâchoires serrées, il entreprit de se reprendre — et y réussit.

Alors cette question, pour laquelle il avait besoin d'une réponse qu'elle seule pouvait donner : « Selon vous, quel âge a Salicorne ? »

Faustine : « Je savais que vous me le demanderiez, un jour ou l'autre. Je suis moi-même étonnée. Passe que vous ne vous rendiez pas compte qu'elle grandit. Le contraire m'eût étonnée. Mais moi ! A croire que votre Pays est d'une bien mystérieuse nature. Ignorez-vous qu'elle a quatre ans ? Je vous en ai souvent parlé : l'école, bientôt. »

Quatre ans ! Il se trouva aussitôt projeté dans les images du big bang quinze milliards d'années plus tôt, quand le monde se met en mouvement et s'accomplit dans les dix secondes qui suivent.

Le monde à jamais. Salicorne quatre ans à jamais.

Dix secondes, quatre ans : pour Salicorne tout commençait.

Il la prenait pour de longues chevauchées de baptêmes, dont elle raffolait, comme son père éprise des mots et d'Appaloosa, qui lui rendait son amour. Interdiction de monter seule. Oregon ne s'était jamais vraiment remis de la mort de Bonnie, tombée, à quatre ans dans *Autant en emporte le vent*, de son poney qu'elle faisait sauter et encore qu'il fût assuré de la sagesse d'Appaloosa, la pensée que Salicorne pût chuter, se blesser et pis, l'emplissait de terreur. De surcroît, le Pays avait beau ignorer la mort, comment réagirait-il, si on le provoquait par une maladresse, ou par accident ? Oregon portait en lui le deuil de Rhett, torturé, inconsolable, marqué à vie. Salicorne connaissait l'histoire de Bonnie, l'une des premières que son père lui avait racontées, et les dangers d'un amour paternel versant dans l'excès. Elle disait de Bonnie tantôt « ma grande sœur » tantôt « ma petite sœur », selon qu'elle la voyait loin, et de loin, selon qu'elle ressentait une peine plus grande qu'à l'ordinaire à savoir et à se figurer sa mort. Alice, échappée de chez Lewis Carroll, les avait rejointes.

Fou de sa fille, Oregon. Son intelligence, sa facilité à s'exprimer, la qualité de son esprit, la sûreté de sa mémoire le stupéfiaient et le faisaient porteur d'une joie permanente, houleuse, bouillonnante, qui noyait les déconvenues que lui infligeait Faustine. Il en attribuait les mérites non pas à Faustine ou à lui-même, mais au Pays. Elle se pénétrait de toutes les idées de son père dont, bien sûr, la principale, celle qui touchait au temps et elle lui proposait souvent le guet, sur la varangue, affût où Faustine venait de moins en moins. Salicorne se tenait contre lui, sa main glissée dans la sienne, et quand à regret il admettait que le temps ne s'était pas arrêté pour de bon, ajoutant, par conviction et peur qu'elle ne se décourageât : « On a presque gagné… », la merveille voulait qu'elle éprouvât les mêmes sentiments, qu'elle craignît pour lui la déception, voire le renoncement et, lui serrant fort la main : « On a gagné… On a gagné… », chantait-elle, où il voyait un heureux présage.

« C'est le bonheur… C'est le bonheur… »

Ils passaient ou bien elle cherchait les oiseaux, les trouvait, les prenait, les caressait, les embrassait, leur parlait : « Dites, dites-le encore… » Pareil avec les autres animaux pour les débordements de l'amour et, armée de la longue-vue, elle cherchait l'aigle royal, Mag-nifique, du nom qu'elle lui avait donné. Elle le découvrait comme lui sans doute elle, si haut là-haut dans les embardées du vent dont il quittait le territoire en planant pour atterrir sur la lisse, d'où il la regardait.

Oregon revenait sans cesse, pour elle, à l'histoire des hommes, comment ils s'étaient détachés des grands singes, voilà quatre millions d'années et comment, plus tard, la forêt disparue, ces hommes (presque, Salicorne, presque — pas tout à fait…) s'étaient dressés sur leurs jambes pour…

Et Salicorne : « Pour ? »…

Et lui : « Pour voir au-dessus des hautes herbes… » Alors, se mettant debout sur la selle, il hissait Salicorne au-dessus de lui, en la tenant bien fort serrée, Appaloosa d'instinct ralentissant, et ils regardaient, vers quatre millions d'années avant eux, les Australopithèques les regarder aussi, stupéfaits, incrédules...

Salicorne comme il l'avait habillée, dans une salopette de bleu de Gênes et des chaussettes à carreaux en coton.

Au cours d'une de ces randonnées à cheval, avec Salicorne, Faustine absente depuis longtemps (l'hélicoptère s'était montré trois fois sans atterrir et avait largué ses paquets), il lui sembla non pas vraiment entendre, mais deviner la voix de l'Oregon du dedans : il s'était, sans rien en espérer, adressé à lui, une habitude qu'il n'avait pas tout à fait perdue : « Tu te rends compte... » et une espèce de grésillement lui était parvenu, comme une voix muette depuis longtemps qui s'essaierait à reparler — mais il n'était sûr de rien.

Salicorne montrait une passion pour la paléontologie et la préhistoire. Elle interrogeait sans cesse son père, les livres — à quatre ans ! — et il ne lui fallut pas longtemps pour devenir, à quelques défaillances de vocabulaire près, son égale. Grand jeu entre eux, qu'ils fussent loin l'un de l'autre mais à portée de voix, qu'ils fussent près. Lui : le carbonifère ? Elle : moins 350 millions d'années. Lui : qui ? Elle : les fougères, les insectes. Lui : le trias ? Elle : moins 240 millions d'années. Lui : qui ? Elle : les dinosaures, dont le platéosaure. Lui, qui la lançait en la relançant : le mésozoïque ? — et elle : entre moins 240 et moins 60 millions d'années, et ils regardaient surgir, de l'éternité et du néant, les dinosaures... Lui : quand l'éocène ? Elle :

au début de l'ère tertiaire. Lui : quand, le début de l'ère tertiaire ? Elle : moins 60 millions d'années et lui : qui ? Elle : les tarsiers, et ils regardaient, tous deux silencieux, immobiles, se lancer les chevaux, les tout premiers et aussi les tarsiers, ces mammifères aux grands yeux qui ne s'ouvraient que la nuit.

« C'est le bonheur... C'est le bonheur... »

Il leur arrivait, par de brèves questions d'Oregon, de monter jusqu'à la fin de l'étage carnien du trias, il y a 220 millions d'années, et de regarder mourir, que Salicorne avait juré à son père de ne jamais pleurer, la faune prédinosaurienne des rhynchocéphales, des dycnodontes et des thécodontes.

Intenses images. Le cœur qui leur bat. Le Pays, qui appelle tout, rassemble tout, ressuscite tout.

Quand, fatigués, leurs yeux recrus d'images, ils n'arrivaient plus à lancer fort et loin la flèche de leur œil, alors en marche arrière ils revenaient à eux, jusqu'à eux, eux seuls au quaternaire au milieu des pierres, qu'ils écoutaient, en reprenant des forces, éclater.

Elle savait aussi — et savait dire — le pléistocène moyen, le permien supérieur.

Elle ne s'était jamais trompée, sauf une fois, sur le paléocène. Il lui avait crié le mot de loin, de la varangue alors qu'elle courait dans les fleurs au milieu des hautes herbes de la prairie, Mag-nifique et ses cercles au-dessus d'elle et Salicorne avait répondu, rajeunissant de quinze millions d'années le paléocène : « moins 50 millions » — mais il ne l'avait pas reprise.

Inexplicable : elle butait toujours sur l'éemien. Incroyable de n'en retenir ni le nom ni les dates alors qu'elle se montrait infaillible sur les deux glaciations de Mindel et de Riss.

Oregon aimait aussi son refus des effets, de la facilité et qu'elle aimât et fréquentât, riche des multiples images qu'elle leur prêtait, pour les connaître ou les imaginer, le bagaceratops et le saltopus, dinosaures presque minuscules par comparaison avec ceux qui font la légende facile des dinosaures, lourds, balourds, gênants, mastodontes, voyants.

Vulgaires.

Quand ils allaient sur Appaloosa, Salicorne si sage, si attentive, il avait remarqué qu'elle ne laissait pas ses yeux perdus dans le lointain mais qu'elle les promenait partout où la jument passait et ainsi ne montait-elle vers les hominidés que dans la compagnie des perdrix rouges, dans les bonds du lièvre dégingandé et dans la lenteur du hérisson.

Oregon la regardait alors dans les yeux, qu'il découvrait marqués par les rêves et il pensait voir, dans un lointain liquide, voler des oiseaux migrateurs, qui battaient des ailes.

Il ne remontait plus seul jusqu'au carbonifère inférieur, où apparurent les saisons, mais avec elle et là il les corrigeait, arrangeait, déplaçait, replaçait — faisait mieux.

Une fois la pensée lui vint que s'il racontait dans un livre, par exemple un roman, qu'il avait une petite fille comme ça, une petite fille bien à lui et comme ça, personne jamais ne le croirait... Et il riait tout seul.

Il savait bien qu'on n'aurait pu que le croire. Descendue de la jument, elle passait, après lui, un doigt léger sur les riches fossiles qu'il lui découvrait et avec elle il les examinait, en lui racontant les trilobites, tu sais des sortes de crabes, disparus depuis 245 millions d'années.

Elle prenait dans les fontes les jumelles, cherchait Mag-nifique et, quand elle l'avait trouvé, lançait vers lui son cerf-volant préféré, celui à la longue queue et à la voilure lattée, qu'elle guidait dans le ciel avec un seul fil de retenue et Mag-nifique, surexcité, peut-être provoqué, qui tentait de pincer le fil...

Quand ils revenaient, si elle était fatiguée, il la reconduisait dans sa chambre, regorgeant d'animaux en peluche, d'ours, de pandas, de bisons, de loups, de wapitis, d'oiseaux-trompettes dont elle savait, par son père, qu'ils étaient la projection d'animaux vivants, métamorphosés pour lui tenir compagnie, sans la déranger et pour veiller sur elle. Avec des objets qu'il s'était fait envoyer des Grandes Plaines aux Etats-Unis, des *dream catchers* là-bas, des attrapeurs de rêves ici, qui repoussaient les cauchemars, et ne gardaient, filtrés à travers une toile semblable à celle des araignées, que les beaux songes. Oregon la déshabillait, lui passait sa chemise de nuit et quand elle s'était allongée, après quelques caracoles, il disait, un œil sur le livre qu'il tenait et l'autre sur les cils de Salicorne, qui battaient, frémissaient : « Au commencement régnait le maître du monde entier, qui était comme la nuit et le vent. Il donna naissance aux Tezcatlipocas : le premier était blanc, le deuxième noir, le troisième rouge et le dernier, bleu » — et les cils tombaient.

Ou bien : « Il y a longtemps, les animaux n'avaient

pas de feu. Jour et nuit, ils se tenaient les uns blottis contre les autres et mangeaient crue leur nourriture. Ils avaient tellement froid, l'hiver, que la glace tenait accrochée à leur fourrure. Ils étaient si malheureux ! Un jour, Coyote, un vieux sage, les rassembla et leur dit : " J'ai entendu parler de quelque chose — le feu — mais c'est loin là-bas, en amont du fleuve, au bout du monde " » — et les cils tombaient.

Oregon sortait, à regret, à pas de loup.

« C'est le bonheur... C'est le bonheur », là, dans le couloir, mais semblait-il, ils étouffaient leurs voix, devinant qu'elle dormait.

L'hélicoptère accomplit deux rotations coup sur coup — Oregon avait seulement parcouru les journaux et ne se trouvait qu'à la moitié de sa lecture des lettres quand, une fois encore, il entendit le vacarme dans le ciel. Si près du précédent. Cette fois, Martin ne lâcha pas le parachute, comme plus tôt, mais atterrit. Oregon le laissa venir jusqu'à lui, chargé à tomber, le long des 800 mètres de la piste. « J'ai cru bien faire, expliqua le pilote. Pendant que j'étais ici, ce matin, sont arrivées au bureau ces quantités de petits et moyens paquets, tous recommandés, et je me suis dit que vous en étiez peut-être pressé. »

Oregon le remercia. Il n'osait pas lui demander : Faustine ? Martin l'évoqua de lui-même : Madame Faustine l'avait prévenu qu'elle serait du prochain voyage.

Martin reparti, Oregon entreprit de défaire les paquets. En eux, une bonne quantité des graines, des cocons qu'il avait demandés. Fabuleux. Il planterait derrière la maison, loin, où s'arrêtaient les hautes herbes du plateau, de l'autre côté de la double rangée des cyprès et des séquoias.

Ils se mirent en route, Salicorne qui avait tenu à prendre sa part du transport des instruments, lui avec une pelle et un sarcloir, les sachets dans les fontes de la selle et, outre Appaloosa, tous les autres étaient là, jusqu'à Luth encore à la course et, son ombre par intervalles les coiffant, Mag-nifique.

Il s'apprêtait à creuser son premier trou et à tracer un premier sillon quand un doute le prit et, bientôt, une angoisse — sentiments qu'il n'avait guère éprouvés depuis son entrée dans le Pays : et s'il faisait mal ? Et même très mal ? Tout simplement le Mal ? S'il s'apprêtait, là, à recommencer l'erreur d'il y a huit mille ans quand, au néolithique, les hommes inventent l'agriculture ? Non pas que l'agriculture fût contestable dans son principe, mais dans son extension. Les hommes qui, pour se nourrir, défrichent, déforestent, détruisent, dénaturent et, assurés de manger, procréent. Trop de bouches. L'agriculture avait amené à la surpopulation, à cette asphyxie de la planète par trop de gens qui respirent. Des milliards. S'il n'allait pas, lui, au Nouveau Nouveau Monde, provoquer la même catastrophe que dans l'Ancien et le Nouveau ? Avec l'agriculture, les hommes, le temps.

« Pourquoi ne commences-tu pas ? » Salicorne, que l'immobilité de son père intriguait. Il devait décider, là, oui ou non. Avec d'imprévisibles conséquences. Sans doute immenses. Ses doigts palpaient les grains, les gousses. Il se décida enfin : pour l'agriculture.

En attendant l'arrivée du petit Somalien, dont il entretenait souvent Salicorne, elle-même impatiente de le voir, jamais en reste de lui demander où il en était de son voyage vers eux, Oregon achevait le musée de Salicorne, une grande pièce qui prolongeait la chambre de sa fille. Elle s'y rendait en chantonnant : « On a gagné... On a gagné... », dont son père, quand il l'entendait, s'illuminait, s'assombrissait — un long, incertain combat... Salicorne avait là tout pour être heureuse : les peintres du bonheur, eux seuls, par cent reproductions d'une exemplaire qualité. Il y avait le petit *Louis Gaudibert*, portrait de Monet, Louis Gaudibert qui ressemblait tellement à une petite fille, avec ses beaux cheveux ébouriffés, pleins de lumière et comme une espèce de corsage... ; *L'Enfant aux pâtés de sable*, de Bonnard : Salicorne avait voulu une coiffe ronde comme la sienne, difficile à trouver, et faire des pâtés — Oregon aussitôt de seller Appaloosa pour l'emmener sur les bords de la Washita, où le sable abondait ; *L'Enfant couronné* (ou : *La Couronne de fleurs*), de Maillol, *Les Fillettes en promenade*, de Vuillard, *L'Enfant jouant au ballon*, de Félix Vallotton, *Jeune fille à la lampe*, de Maurice Denis et encore un Bonnard, *L'Enfant à l'écharpe à carreaux* et encore un Maurice Denis : *L'Enfant à la toilette* ou la *Petite fille à la robe rouge* (si vive, si heureuse que Salicorne en était comme éclaboussée et riait chaque fois qu'elle la regardait) ; beaucoup de petits nabis pour tromper l'attente du petit Somalien... Salicorne cherchait les enfants dans les jardins publics de Vuillard, où ils sont légion et en fréquentait de plus grands, jeunes filles et adolescents. Elle adorait *L'Enfant au tablier* ou *La Petite Fille à la robe rouge*, de Maurice Denis, qui court devant un parterre de coquelicots, dans une robe où il semble qu'ils ont essaimé. Le garçon qu'elle fréquentait le plus volontiers : Claude. Dans la toile de Manguin, *Claude en rouge lisant*, il ne cesse de lire, sage, absorbé, ailleurs (dans la toile) et Salicorne à son père : « Crois-tu qu'il lèvera la tête ? » — et lui : « Pas impossible, pas impossible... »

Du musée de Salicorne aussi la révolution pouvait survenir. Claude en levant la tête la déclenchait aussi sûrement que la conscience quand elle entrait dans Chat, que la main d'Oregon quand elle serrait celle de Wovoka, que le temps quand il s'arrêtait de passer, que cette pierre délogée par les sabots d'Appaloosa lorsqu'ils étaient entrés dans le Pays, la jument et lui, et qu'il l'avait écoutée tomber en se disant que si sa chute ne s'arrêtait pas et qu'il l'entendît, lui, toujours, à jamais cette pierre qui tombe à jamais, cette fois ça y était...

Tellement d'occasions, tellement de pièges... Les choses ne pouvaient pas continuer à aller ainsi, monotones, fatales, depuis le temps qu'elles allaient. Ce musée ajoutait au possible, multipliait les chances.

Il y avait des Miró accrochés dont Salicorne tirait d'infinis bonheurs, dans l'émiettement et la proliferation des sujets, drôles les chats, drôles les yeux, drôles les moustiques, drôles les libellules, les cornes, les notes de musique, exubérantes les souris et Salicorne, en détaillant les Miró, dansait ; des Grandma Moses, cette sublime Américaine naïve (Oregon à Salicorne : « Cette sublime Américaine naïve »), où il lui montrait l'hiver, qu'elle ne connaîtrait jamais ; il y avait aussi un tableau de Brauner, *Frica la Peur*, avec des monstres menaçants et Oregon avait dit à Salicorne qu'un jour, comme ça, sans grandir, sans vieillir, sans changer, elle regarderait Frica la Peur et qu'elle n'aurait plus peur.

Du hogan où il bichonne Appaloosa, il hurle : « Le dévonien ? » et elle qui, dans le musée, se précipite vers une baie et lui hurle en retour : « Moins 400 millions. »

Le bonheur.

Surtout, surtout, Chagall, celui des lévitations, des cabrioles, des oiseaux de feu, des colporteurs, des jardins enchantés, des femmes-coqs, des violonistes, du soleil qui fait la roue. « Où vas-tu ? » demandait Oregon — et Salicorne : « Je vais voir Zagall. »

En cachette d'elle, derrière elle, il la suivait dans un intérieur bleu qui donnait sur une forêt verte piquée de quelques arbres noirs et de quelques fruits rouges et, dans le tableau, vraiment dans le tableau, exactement dans le tableau, il y avait Salicorne assise, le visage tourné vers lui, une si parfaite ressemblance entre les deux petites filles, l'une et l'autre dans une robe rouge et couvertes d'un châle aux ronds bleus, leurs chaussettes multicolores et une coiffe d'où dépassait un ruban de dentelle, qu'alors il déboulait et : « Ne bouge pas », bouleversé, et comme si Salicorne se préparait à jaillir du tableau.

Il y avait aussi *Les Enfants à la toilette*, de James Ensor, deux adolescentes nues dans une nudité estompée et Salicorne se regardait là quand elle serait grande, son père lui montrant sur la peinture ce qu'elle aurait sur elle, qu'elle n'avait pas encore, des seins, un pubis, dans deux mille ans.

C'était toujours dans mille ou deux mille ans : le temps, là-bas, si loin, d'accord, on l'accepte — on a le temps de voir venir...

L'hélicoptère se posa, d'où sortirent Faustine puis Martin, qui gesticulait. Quand il avait entendu le vacarme, Oregon s'était porté à l'une des baies du bureau. Pressé, Martin. A présent, devant Faustine, dont il forçait le pas. Excité. « Qu'est-ce que c'est, là-bas ? Qu'avez-vous fait ? » et, du doigt, il désignait l'espace de l'autre côté des séquoias et des cyprès.

Il courait. « Venez, venez ! » Martin comme s'il eût été chez lui et qu'il eût en tête de l'emmener pour un tour du propriétaire.

Ils couraient tous, à présent. A la lisière des grands arbres, Oregon, en proie au vertige, dut se retenir à l'un d'eux : à ses pieds et à l'infini, comme si les graines avaient voyagé sous terre et porté dans toutes les directions la vitalité démente que révélaient ces champs à la surface éclatée, couraient des plantes qu'il s'efforçait de distinguer, de nommer en se rappelant le nom des graines qu'il avait reçues : groseilles du Cap, arroches, capucines, claytones de Cuba, ficoïdes glaciales, giraumons, martynias, tétragones cornues, en tiges de 1 à 3 mètres au moins, dans une avalanche, une exubérance de feuilles rameuses, cordiformes, lancéolées, tubulaires, sagittées et dans une luxuriance de fleurs blanches, rouges, vertes, roses.

Le groupe, médusé.

« Là. » Encore Martin. Il désignait un autre espace et Oregon, se tournant, découvrit des melons comme il n'en avait jamais vu encore de cette taille.

Il ne se rappelait pas, dans les graines reçues, celles du melon.

Ils cueillirent un peu de tout, Oregon, abasourdi, s'abstenant et, à la maison, goûtèrent un peu de tout. Il finit par faire comme les autres et s'associa à l'enchantement général : après la grosseur inédite, le goût extraordinaire et, à ce jour, inconnu.

« Prenez », disait Faustine à Martin et elle lui donnait en abondance de chacun des légumes et des fruits.

Il était chargé de cinq sacs.

Oregon s'offrit à l'accompagner, pour l'aider, jusqu'à l'hélicoptère.

Martin ne sortait pas de l'émerveillement où la plantation l'avait plongé : « Quand j'ai vu ça, de là-haut... Magnifique. Toutes ces choses immenses qui brillaient au soleil. Ce pays a quelque chose, c'est évident. Vous devriez vous livrer à la culture : tomates, aubergines, pommes, abricots, prunes..., vous êtes assuré des produits les plus gros, les plus beaux, les meilleurs. Vous gagneriez une fortune. »

Oregon, nerveux : « Ce n'est pas ce que je veux. Les choses resteront en l'état. »

Ils arrivaient à la hauteur de l'appareil, et Martin,

tirant sur la porte, enfourna les sacs avec précaution, puis : « A propos, j'allais oublier de vous dire. Quand j'ai survolé les montagnes du Nord, j'ai vu une avalanche. »

Oregon, soudain attentif.

« Une avalanche, où ? »

Les explications de Martin lui permirent de la situer : le long du Paulhan.

Son cœur battait. Il avait les mots mais il n'arrivait pas à les assembler. Comme l'autre allait tirer la porte, il y réussit enfin : « Quel versant ? » Martin : « Le sud » et il se verrouilla.

Le versant sud. Dans le Pays, donc. Une avalanche sur la face nord, dans l'Ancien Monde, eût relevé de phénomènes ordinaires, mais le versant sud… Pourquoi, pourquoi ?

Comme il entrait dans la maison, les Pataud en sortirent. Muets.

Une avalanche sur le versant sud du Paulhan. Pourquoi, pourquoi ?

Oregon avait beau manquer d'une juste conscience des mouvements autour de lui, il lui semblait pourtant que l'hélicoptère était toujours là, en haut dans le ciel du Pays, à terre sur la terre du Pays. Faustine, grande voyageuse. A la maison, sans cesse sur le départ. Elle allait encore s'en aller et, dans l'attente du pilote, remit sur le tapis la question de l'école, à propos de Salicorne. Salicorne qu'il fallait, en outre, déclarer, il était grand temps, au bureau de l'état civil à Carabagne. Oregon : « Elle est née ici. » Faustine : « Il faut l'enregistrer là-bas, puisqu'il n'y a rien ici. Je ne veux pas vous prendre en traître. Salicorne, à la mairie, ne sera que son deuxième prénom. »

Il haussa les épaules. En lui et à tout hasard à l'adresse de l'Oregon du dedans : « Salicorne est Salicorne et le sera toujours » — et l'autre : « Oui. » Il était revenu.

Avec son double, Oregon se sentait des forces nouvelles. Leurs propos montraient qu'ils ne changeraient jamais d'avis, Faustine et lui. Pour Oregon, l'arrivée du petit Somalien réglait tout : la compagnie, d'une part, et l'école, aussi, de l'autre, car, à deux, c'est déjà en quelque sorte l'école. Faustine d'évidence ne comprenant pas, Oregon entreprit de lui expliquer : le petit Somalien de la photo dans le cadre, horrible, sur lui tous les malheurs du monde, vous savez bien, le frère noir de Salicorne, que je fais venir.

Sa colère couvrit le bruit de l'hélicoptère.

Martin se présenta, plus surexcité encore qu'il ne s'était montré le jour où il avait découvert la plantation sous lui. « Il faut que je vous parle », à l'adresse d'Oregon, et comme il regardait Faustine, avec, semblait-il, de l'embarras, haussant les épaules elle sortit.

Alors Martin : « Il faut que je vous raconte. Les légumes ont circulé. On ne parle que de ça, à Carabagne. On veut savoir d'où ils viennent, on veut en acheter, on les réclame dans les magasins de primeurs. Puis des gens se présentent à Air-Hélico, d'autres téléphonent. On vous demande. On ne sait pas très bien quoi répondre et les gens s'étonnent : Qui est-il ? Où vit-il ? D'où vient tout son argent ? Il faut vous dire que des associations ont appelé et révélé que vous faisiez de gros dons. »

C'était vrai : pour les enfants roumains abandonnés, les chiens d'aveugles, les aveugles, le troisième âge, Robin des Bois, les enfants d'Ethiopie, WWF, l'Œuvre d'assistance aux bêtes d'abattoir, la Société nationale de protection de la nature, les handicapés, la recherche médicale, les orphelins de la Tanzanie, les baleines, les tortues, les villages d'enfants, les orphelins de la police et ceux de pères pompiers — trente, quarante organisations, hommes et bêtes et plantes et lieux confondus, l'aide pêle-mêle, et à peine avait-il adressé un chèque qu'on le sollicitait pour un autre, le même courrier qui le remerciait lui demandait...

Martin respectueux, tant qu'il put se contenir, du songe où Oregon s'était perdu. Puis : « Il faut vous faire à l'idée que des gens vont monter ici. Déjà ils demandent à Air-Hélico : et si on allait voir, là où il est ? Combien le trajet aller-retour ? Je sais aussi que des travaux sont en cours du côté de Gésir. Une route, je crois, qui traversera le désert. »

A l'évocation de Gésir, il avait levé les yeux sur Martin. Son pressentiment. C'était donc cela, cette rumeur, ces bruits quand, pour lui révéler le Pays, il avait emmené Faustine sur Appaloosa jusqu'à la frontière méridionale.

Martin : « Vous pourriez mettre des panneaux : Défense d'entrer. »

Il eut un haut-le-corps. Défense d'entrer ? Jamais. D'abord, défense d'entrer où ?

Il se levait, s'asseyait, se relevait... La crainte et — il la sentait venir — la peur.

Martin prit congé.

Il lui fallait faire vite avec le petit Somalien. Dans l'immense courrier du dernier voyage de Martin, toujours rien en réponse à ses lettres adressées au gouvernement, à deux associations, à un général, au rival civil du général, à trois politiques...

La pensée de l'enfant là-bas le ramena à celle de Faustine. Ici. Il l'appela. Pas de réponse. Elle n'était pas dans sa chambre. Dans le musée non plus. Il se précipita sur la varangue. Déserte. Même pas Gorge Rouge sur sa lisse, où elle aimait tant se percher. De la varangue, jumelles à la main qu'il était allé prendre dans son bureau en courant, il inspecta la prairie, cherchant dans les hautes herbes et baissant les jumelles pour crier son nom.

Salicorne n'était plus là.

Emmenée par sa mère quand Martin était reparti. L'évidence. Elle aurait dû lui annoncer qu'elle prenait, cette fois comme quelquefois, Salicorne avec elle et lui dire au revoir, qu'elle n'avait pas fait, contre ses habitudes.

Oregon à l'Oregon du dedans : « Ça va mal. Je vais mal. » Et l'autre : « Oui. »

L'Oregon du dedans excellait dans l'enthousiasme, la ferveur, le bonheur. Comme il vibrait, alors. En revanche, il n'était pas très bon dans la tristesse, le doute et la misère. Oregon bien seul.

Il s'en voulait mais comment n'aurait-il pas

reconnu sa faiblesse ? Il attendait l'hélicoptère, son vacarme — qu'il guettait, impatient. Cet engin qu'il haïssait tellement.

De façon grave, sa perception du temps, réduite à presque rien, jusqu'ici, et pour cause puisque dans le Pays il passait moins vite qu'ailleurs, sans se montrer, sa perception du temps était aggravée depuis peu par les voyages répétés de l'hélicoptère et se faisait plus aiguë. Sans doute la faute à sa conscience aussi, et pas seulement au temps s'il allait désormais plus vite et de plus voyante façon. Trois jours peut-être, oui, trois jours que l'hélicoptère n'était pas revenu. Quelle heure ? Il n'avait pas de montre. La pensée lui vint de ses instruments de mesure — trop vieux. Trop vieux ! J'ai dit trop vieux ? Moi ? L'Oregon du dedans : « Tu l'as dit. »

Il allait mal.

Oregon décida de seller Appaloosa et de s'en aller voir du côté de la Frontière, la méridionale.

Après 20 kilomètres, à 60 environ de Gésir, dans la partie du Pays qu'il avait appelée Hulule (carte) et dans le crépuscule qui tombait, il en distingua quelques-uns. Des hommes. Les uns tout seuls, les autres par deux, trois et, là-bas, loin encore, les jumelles lui révélèrent, silhouettes à peu près distinctes, une troupe…

Pas possible.

Il eut un geste, comme s'il se préparait à aller les trouver pour leur dire qu'ils devaient ne pas continuer, mais retourner chez eux, et sa gorge aussi eut envie de leur crier mais le dérisoire de sa situation, seul contre tous, le minait si fort qu'il renonça.

Demi-tour.

Las, Oregon. Non pas une fatigue qui lui venait de sa vie ou de sa courte chevauchée, mais une fatigue qui montait de lui à ce moment, de son désarroi et de son impuissance. Le Pays ! Pays menacé.

Au contraire de son habitude, qui était de la laisser aller seule, il accompagna Appaloosa dans le hogan et resta à côté d'elle pour la caresser, lui parler.

Que faire ? L'Oregon du dedans : « Pas grand-chose. »

Si l'Oregon du dedans était revenu parce que Faustine s'en était allée, il avait perdu l'un et l'autre.

La nuit tomba. Combien en avait-il vu dans le Pays ? Il ne se rappelait pas. Une, peut-être. Déshabitué d'elle, il était privé des réflexes qui font un homme se conduire vaille que vaille dans les ténèbres. A présent la peur au ventre, il décida, pour la chasser, de se porter aux limites du haut plateau et de voir si danger il y avait, qu'il tenterait alors d'écarter. Il s'en fut à pied, courte la distance et, de surcroît, Appaloosa aussi déshabituée de la nuit que lui.

Comme il arrivait, il entendit des cris, des hèlements, toute une rumeur de conversations, de voix portées qui révélaient que, par sa frontière méridionale, le Pays était envahi.

Il distingua les mots Oregon, piste, Santa Fe, piste de l'Oregon et, de ce dernier, tira un bref plaisir amer. Les mots venaient d'un groupe en avant-garde, à moins de 20 mètres.

Oregon partit en marche arrière, à pas silencieux, puis, assuré d'une bonne distance entre eux et lui, se mit à courir.

L'imagination de leur destin l'accabla de sinistres images : les Pataud, redevenus des perroquets, rien que des perroquets, dans une cage ; Gorge Rouge, tué par un chasseur ; Mag-nifique, empoisonné par un cultivateur ou par un éleveur ; Chat, errant puis tirée comme un lièvre. Luth, dans le jardin d'un particulier ou écrasée par une voiture.

Il eut un sanglot.

Le plus gros morceau, s'il pouvait ainsi dire : Appaloosa (l'Oregon du dedans, bien faible et même inexistant, neutre : tu peux le dire).

Martin atterrit de nuit. Les étoiles brillaient, froides, impersonnelles, comme elles ne lui avaient jamais semblé, ici. Il courut vers Lieu de Décharge. Martin n'avait pas arrêté son rotor que, par la porte tirée sur sa glissière aussitôt qu'il avait vu cette ombre surgir devant lui, il se penchait. Il entendit ce que lui disait Oregon, lui répondit, l'écouta encore, parut hésiter puis s'enferma et, comme il allait remettre les gaz, encore des signes d'Oregon. Il ouvrit et demanda l'heure. 6 h 15. Puis il tira la porte pour de bon.

Deux heures un quart plus tard Martin atterrissait de nouveau à Lieu de Décharge. Oregon connaissait la durée du vol parce qu'il venait de redemander l'heure — et le pilote : 8 h 30.

Oregon : « Je suis tombé bien bas. »

Il prenait des mains de Martin le paquet qui lui était destiné. Martin : « J'ai vu des sillages d'avions à réaction, dans le ciel. Pour la première fois, ici. » Oregon tressaillit. Comme il s'écartait, il dit, que le pilote n'a peut-être pas entendu : « Il me restait environ 10 000 mots à inventer, trouver, porter » — et il courut.

Entré dans la maison, il appela Chat, Gorge Rouge, les Pataud, Luth, les cherchant partout dans les pièces, sur la varangue, dans la prairie — et, dans le ciel bien sûr, Mag-nifique. En vain. Alors il reprit le paquet de Martin, qu'il avait déposé sur une table, en vérifia le contenu, le fonctionnement et, de nouveau en courant, sortit. Il ouvrit d'un coup la porte du hogan et avant même qu'Appaloosa ait eu le temps de lui manifester le premier des sentiments ordinaires qu'elle lui portait, la balle tirée derrière les oreilles elle tombait, foudroyée, de toute sa masse contre Oregon qui ne s'était pas écarté et la reçut, en vacillant, ultime caresse, chair contre chair, de celle qu'il avait tant aimée.

Il reprit son équilibre, puis s'agenouilla. Sanglotant : « Appaloo-ooch-a, Appaloo-ooch-a ». Cent fois, dans le tremblement de sa voix et comme si, à souffler les mots de son amour dans les oreilles de la jument, elle pouvait l'entendre. Blotti contre elle, chaud de sa tiédeur, il s'essuya sur sa robe et, dans un effort qui lui coûta tellement qu'il douta un instant de sa réussite, lui arrachant une nouvelle plainte : « Appaloo-ooch-a, Appaloo-ooch-a », il entreprit de la regarder. « Appaloo-ooch-a, Appaloo-ooch-a ». Elle tenait ouverts ses yeux immenses, liquides et fixes, qui, de leur vide sans fin et sans fond, s'étaient portés au-delà d'Oregon, loin de lui et à l'infini, comme il l'éprouva. Penché sur elle, et poussé par l'astre mort de son regard, il enregistrait la naissance du monde. Dans la seconde où la deuxième seconde s'ajoutait à la première, il s'était déréglé. Dévoyé. Là, sous ses yeux. Pour toujours. A jamais. Il eût fallu qu'il se formât d'un coup, pas même le temps de le dire. En prenant son temps, il avait fait le temps. Peut-être l'ennemi guettait-il et, le Big Bang éclaté, s'était-il jeté sur ses morceaux, les enveloppant, les imbibant, les pénétrant, les inoculant, les infestant. Ou bien le temps était-il dans le Big Bang — le ver dans le fruit, comme il l'avait dit, une fois, jadis, sans le croire.

Détails, à compter de ce jour. Détails sans importance. Vrai, le Pays ? Inventé, le Pays ? Le Pays, un rêve ? Sans importance, et une dernière fois, il regarda Appaloosa, Oregon désormais habité par la mort, et jusqu'à la sienne, par celle qu'il venait de donner.

Martin se tenait devant lui, qui sortait, à la porte du hogan : « Vous m'avez promis. Jetez ça maintenant ou rendez-la-moi » et il tenta de prendre l'arme.

Comme Oregon lui résistait : « Venez avec moi, on part, venez, on part. Vite. »

Oregon se lança dans une course inverse. Non pas en direction de l'hélicoptère, mais vers les limites sud du haut plateau. Dans le plein jour à présent, il les vit. Mille fois plus nombreux que la veille au soir, ils montaient vers le Pays, dans le Pays, toute une armée, toute une humanité qu'il savait d'asociaux, de marginaux, de déclassés, de mal formés, d'exilés, tous les immigrés, tous les immigrants, tous les malheureux du monde enfantés par l'Ancien Monde et qui, un siècle après qu'ils avaient déferlé sur le Nouveau, submergeaient, par d'autres pistes de Santa Fe et de l'Oregon, le Nouveau Nouveau.

Comme il relançait sa course, il entendit l'hélicoptère gronder juste au-dessus de lui, monstrueux, et Martin, en gesticulant, lui crier quelque chose dont il reçut le sens en voyant descendre une échelle de corde, qu'il contourna, sans s'arrêter, Martin alors piquant le nez de l'appareil dans les hautes herbes pour repérer Oregon qui se dissimulait, toujours courant, zigzaguant, invisible, perdu, la Winchester serrée contre lui, et il comprit alors qu'il devait renoncer à cet homme, le laisser à quelque chose il ne savait pas bien quoi et il mélangea tout ce que ses confuses pensées lui suggéraient : la vie, la mort, les rêves.

Il se dit : « Je le laisse à sa vie, à sa mort, à ses rêves… », trois états dont il eut une perception aiguë et brève, si douloureuse qu'il s'empressa, pour l'étouffer, de jouer de ses manettes et des boutons sur le tableau de bord, puis de conclure, délivré, que la vie, la mort, les rêves, c'est pareil.

Cet ouvrage a été composé
par l'Imprimerie BUSSIÈRE
et imprimé sur presse CAMERON
dans les ateliers de la S.E.P.C.
à Saint-Amand-Montrond (Cher)
en juillet 1994
pour le compte des éditions Grasset
61, rue des Saints-Pères, 75006 Paris

N° d'édition : 9517. N° d'impression : 1835-1776.
Dépôt légal : août 1994.

Imprimé en France

ISBN 2-246-42371-6 broché
ISBN 2-246-42370-8 luxe